완전기억자

강형욱 현대판타지 장편소설

MODERN FANTASY STORY & ADVENTURE

4

dream
books
드림북스

완전기억자 4

초판 1쇄 인쇄 / 2015년 2월 17일
초판 1쇄 발행 / 2015년 2월 24일

지은이 / 강형욱

발행인 / 오영배
책임편집 / 편집부
펴낸 곳 / (주)삼양출판사 · 드림북스

주소 / 서울시 강북구 도봉로 173, 캠프 6층
대표 전화 / 02-980-2112 팩스 / 02-983-0660
편집부 전화 / 02-980-2116 팩스 / 02-983-8201
블로그 / blog.naver.com/dreambookss

등록번호 / 제9-00046호
등록일자 / 1999년 3월 11일

값 8,000원

ISBN 979-11-313-0189-0 (04810) / 979-11-313-0185-2 (세트)

* 지은이와 협의하에 인지는 생략합니다.
* 잘못된 책은 구입한 곳에서 바꾸어 드립니다.

이 도서의 국립중앙도서관 출판시도서목록(CIP)은 서지정보유통지원시스템홈페이지
(http://seoji.nl.go.kr)와 국가자료공동목록시스템(http://www.nl.go.kr/kolisnet)에서
이용하실 수 있습니다. (CIP제어번호: 2015005125)

완전기억자

강형욱 현대판타지 장편소설

MODERN FANTASY STORY & ADVENTURE

4

dream
books
드림북스

목차

Chapter. 01

건형은 상대가 도대체 무슨 이야기를 하고 있는 것인지 이해할 수 없었다.

그렇지만 분명한 건 있었다.

그가 자신에게 몇 가지 단서를 제공했다는 것이다.

아무래도 이에 관해서 자세하게 알아볼 필요성이 생겼다.

모르고 당하는 것보다는 알고서 대책을 마련하는 게 더 나으니까.

그렇지만 그의 말은 여러모로 두루뭉술했다.

일단 지혁이 돌아와야지만 그와 의논을 할 수 있지 않을까 싶었다.

그러나 현재 그가 어떤 상황에 처해 있는지 알 수 없으니 건형으로서는 그저 지혁이 무사히 돌아오길 바랄 뿐이었다.

그 이후 건형은 평범하게 생활을 보냈다.

되도록 튀는 모습을 보이지 않으려고 노력했다.

자신에게 주어진 일만 소화했다.

그렇지만 그를 향한 세상의 눈길은 점점 더 매서워지고 있었다.

수많은 사람들이 그를 찾았고 그는 점점 본의 아니게 연예인이 다 되어 가고 있었다.

레브 엔터테인먼트는 날이 갈수록 호황을 맞았다.

스타플러스 엔터테인먼트가 시장에서 차지하던 위치를 레브 엔터테인먼트가 가로챘다. 그리고 레브 엔터테인먼트 소속의 연예인들이 하나둘 빛을 보기 시작했다.

그들 중 대부분은 건형이 잠재 능력을 끌어 올려 준 사람들이었다.

건형과 그들은 단단한 유대감으로 묶여 있었고 그것은 레브 엔터테인먼트의 사장인 정명수에게 여러모로 불안감을 초래하게 하고 있었다.

정명수 사장은 범인이었다. 사회에서 흔히 볼 수 있는 평범한 사람.

그런 그가 레브 엔터테인먼트를 차린 것은 이쪽 바닥에서 일했고 그 노하우를 쌓았다고 자신 있게 생각해서였다.

그래서 야심차게 몇몇 아이돌을 데뷔시켰고 그들이 성공하리라 확신했다.

하지만 결과는 개판이었다.

깡통만 차게 됐고 내는 족족 망하면서 수익을 기대할 수 없게 됐다.

든든한 사장님이었던 자신의 위치는 별 볼 일 없고 돈도 못 벌어 오는 무능한 아버지로 바뀌었다.

그러다가 건형을 만나게 됐고 제2의 인생을 살게 됐다.

레브 엔터테인먼트는 설립 이후 가장 잘 나가고 있었고 최상위에 속해 있는 대형 스타들도 레브 엔터테인먼트와 계약하고 싶어 했다.

그 모든 것이 정명수 사장에게는 꿈같은 일이었다.

그렇지만 시간이 갈수록 불안해지는 것도 사실이었다.

레브 엔터테인먼트가 잘 나가게 된 계기는 박건형과 그룹 플뢰르의 리더 이지현 때문이었다.

사실상 두 사람이 레브 엔터테인먼트를 되살렸다고 봐도

과언이 아니었다.

그런 상황에서 둘 중 한 명이라도 레브 엔터테인먼트를 나가게 되면 레브 엔터테인먼트는 삽시간에 곤란해질 수 있었다.

최근 잘 나가는 레브 엔터테인먼트 소속의 연예인들 모두 박건형과 밀접한 관계를 유지하고 있었기 때문이다.

지금 와서는 자신은 바지사장이고 박건형이 실세가 된 듯한 느낌도 들고 있었다.

"흐음, 어떻게 한다. 아무래도 대책을 마련해 두는 게 좋을 거 같긴 한데."

정명수가 머리를 긁적였다.

옛말에 이런 말이 있다.

머리 검은 짐승은 거둬들이는 게 아니라고.

열 길 물속은 알아도 한 길 사람 마음속은 모르는 법이다.

박건형이 딴생각을 품고 있지 않다고 한들 그것을 곧이곧대로 순진하게 믿을 사람은 없다.

그렇기 때문에 정명수 사장도 이렇게 고심하고 있는 것이었다.

그렇지만 뾰족한 수가 없었다.

지금 레브 엔터테인먼트의 자금 줄을 대고 있는 게 박건형이고 새로운 배우나 가수들을 발굴해 내고 있는 것도 그였다.

이미 그가 없이는 돌아가지 않는 레브 엔터테인먼트가 되어 버린 것이다.

"가랑비 피하려고 했다가 호랑이 굴에 들어온 심정이야. 어휴."

정명수 사장은 고개를 설레설레 저었다.

그렇지만 정명수 사장만 그런 생각을 한 건 아니었다.

그뿐만 아니라 수많은 사람들이 이미 겪은 갈등이었다.

헨리 잭슨 교수는 최근 들어 강의도 하지 않고 자택에 칩거하는 일이 잦았다.

하버드 대학교에서는 그런 헨리 잭슨 교수를 상당히 불편하게 여겼다. 그의 학문적인 성과를 인정하지만 그래도 그가 강단에 서 줘야 하버드 대학교 소속의 교수임을 자랑스럽게 드러낼 수 있는 것이었다.

그렇지만 헨리 잭슨 교수는 대한민국에 가서 박건형이라는 사람을 만나고 온 이후 말수가 지나치게 줄어들었다.

두 사람이 같이 리만 가설을 증명해 낸 것은 놀라운 성과였다.

그러나 그것 때문에 헨리 잭슨 교수가 칩거 중이었다면 무슨 수를 쓰더라도 그를 다시 현실로 끌어내야만 했다.

하버드 대학교 임원들의 생각과 다르게 헨리 잭슨 교수가 자택에 칩거해 있는 이유는 일루미나티의 결정 때문이었다.

일루미나티는 무슨 이유에서인지 모르지만 박건형을 상당한 위험인물로 규정해 두고 있었다.

특히 그랜드 마스터가 그렇게 생각하고 있는 듯했다.

그랜드 마스터는 일루미나티의 최종 결정권자로 일루미나티에서는 그의 말이 곧 진리나 다름없었다. 그런 그랜드 마스터가 건형을 위험인물로 생각하고 있다는 것은 일루미나티에서 그렇게 규정하고 있다는 의미와도 같았다.

헨리 잭슨 교수 입장에서 그것은 대단히 아쉬운 결정이었다. 그가 볼 때 건형은 학문적인 발전을 최소 몇 십 년 이상 끌어 올릴 수 있을 것이라고 판단되는 인재였으니까.

"이 일을 어떻게 한다……."

헨리 잭슨 교수는 깊은 생각에 잠겼다.

아무래도 아이젠하워에게 다시 한 번 연락을 취해야 할까?

인재를 보는 눈이 있는 그라면 박건형의 재능도 충분히

파악했을 것이라고 믿고 싶었다.

사물을 직관적으로 해석하는 능력, 뛰어난 암기, 그리고 탁월한 추론까지.

분명히 건형은 위대한 학자가 될 수 있을 터였다.

"아무래도 아이젠하워 경하고 의논을 해 봐야겠어. 그를 이대로 사장시키는 건 문명의 발전에 있어서 엄청 큰 손해가 될 게 분명하니까."

헨리 잭슨 교수가 마음을 정리했다.

이대로 건형이 일루미나티의 공적이 되어 사라지는 걸 보고 싶진 않았다.

아무래도 직접 아이젠하워를 만나서 그에게 도움을 요청해야 할 것 같았다.

그랜드 마스터의 생각을 바꿔 달라고.

그렇게 건형이 모르는 사이 그의 주변을 둘러싼 일들은 점점 시시각각 바뀌고 있었다.

학교 강의가 끝나고 건형은 휴대폰을 만지작거렸다.

헨리 잭슨 교수한테 전화를 할지 말지 고민이 됐다.

그때 초인의 시대를 언급했던 사내 이야기가 떠올랐다.

그는 자신에게 헨리 잭슨과 가까이 지내지 말 것을 경고 했었다.

'헨리 잭슨 교수를 직접적으로 지목한 이유가 무엇일까?'

지금 당장 건형으로서는 알 수 없는 일이었다.

전화를 걸까 말까 고민하던 건형은 휴대폰을 내려놓았다.

상황을 조금 더 살펴보고 난 다음 전화를 걸어도 늦지 않을 터였다.

마음이 복잡한 상태에서 건형이 찾은 곳은 레브 엔터테인먼트였다.

정명수 사장이 반가운 얼굴로 그를 맞았다.

"하하, 박 이사님. 어서 오시죠."

건형은 레브 엔터테인먼트의 대주주로 임원 중 한 명이기도 했다. 그리고 그의 공식 호칭은 이사로 레브 엔터테인먼트의 모든 일에 관여할 수 있는 권한이 부여되어 있었다.

"예, 사장님. 제가 없는 동안 별일 없었죠?"

"물론이죠. 딱히 문제될 건 없었습니다. 아, 산이가 가을에 편성될 예정인 로맨스 코미디 드라마에 캐스팅됐습니다."

"강산 씨가요? 정말 축하할 일이네요."

건형이 환하게 웃어 보였다.

강산, 스물여섯 살의 그는 건형이 이곳 레브 엔터테인먼트에서 만나서 잠재력을 개발해 줬던 바로 그 사람이었다.

열정이 있지만 그 열정을 살릴 만한 재능이 부족했던 사람.

그래서 건형은 그의 잠재력을 열어서 그 재능을 일깨워줬다. 그리고 지금 그는 방송계에서 꽤 핫한 신인 배우로 각종 드라마에 출연 중이었다.

단역 한 자리라도 맡기 위해서 이리저리 뛰었던 시절에 비하면 돋보이는 성공을 거둔 셈이었다.

"그러고 보니 슬슬 회사 규모를 키울 생각도 하셔야 하지 않을까요? 이참에 스타플러스 엔터테인먼트를 흡수합병하시는 것도 고려해 볼만하다고 생각하는데요."

"스타플러스 엔터테인먼트를요? 그러기엔 아직 자본이 많이 부족합니다. 더군다나 스타플러스가 최근 주춤하고 있긴 하지만 여러모로 집어삼키기엔 그 덩치가 엄청 크죠. 그리고 꽤 힘 있는 사람들의 비호를 많이 받고 있다고 들었습니다."

"힘 있는 사람들의 비호요?"

"예. 정재계 인사들이 알게 모르게 도움을 많이 준다더군요. 이 바닥에 있으면 이런저런 소문을 많이 듣게 되니까요."

"그렇군요. 흠, 그러면 일단 그 문제는 차후에 논의해 보는 걸로 하죠."

"그렇게 하겠습니다. 그리고 지현이한테 예능 프로그램에서 섭외가 들어오고 있는데 출연시켜 보는 게 어떻겠습니까?"

"예능 프로그램이요?"

"예. 만능 엔터테이너의 자질을 보여주면 여러모로 도움이 되니까요. 음악만으로 충분히 그 가치를 입증하긴 했지만 인지도를 쌓으려면 예능만 한 것도 없고요."

'예능이라……'

그러고 보니 지현은 예전에 예능에 많이 출연하곤 했었다. '대한민국, 퀴즈에 빠지다'도 그렇고 각종 예능 프로그램에 나와서 이름을 제법 알린 적이 있었다.

정명수 사장이 어떤 예능 프로그램을 생각하는 건지 모르겠지만 이야기를 들어볼 만했다.

"어떤 예능 프로그램을 생각 중이신가요?"

"음, 최근 인기가 많은 '오늘 결혼했어요' 어떻습니까? 그쪽 작가한테 연락이 왔는데 꼭 한번 출연해 줬으면 하더군요."

"네? '오늘 결혼했어요' ……말입니까?"

정명수 사장이 고개를 끄덕였다.

건형이 남몰래 얼굴을 구겼다. 이렇게 이야기하는 걸 보면 자신이 지현과 사귀는 걸 모르고 있을 확률이 높았다.

상식적으로 그것을 안다면 오늘 결혼했어요, 에 출연할 것을 권유하지는 않을 테니까.

건형은 일단 지현이 여자친구라는 것을 배제하고 생각해 봤다.

'오늘 결혼했어요'는 젊은 아이돌 스타들이 출연하고 싶어 하는 대표적인 프로그램 가운데 하나였다.

그렇지만 건형 입장에서는 아무리 생각해 봐도 그녀를 '오늘 결혼했어요'에 출연시키는 건 탐탁지 않은 일이었다.

당연히 스킨십도 있을 테고 이런저런 애정행각이 오고 갈 텐데 그것을 두 눈 똑바로 뜨고 보고 싶은 생각은 없었다.

그렇다고 여기서 바로 거절해 버렸다가는 정명수 사장이 의심할 수도 있었다.

결국 한 발자국 물러나는 수밖에.

"일단 지현이한테 물어보도록 하겠습니다."

명목상 건형은 지금 지현과 그룹 플뢰르의 법정대리인을 맡고 있는 상황.

정명수 사장이 고개를 끄덕였다.

그 이후에도 두 사람은 지속적으로 이런저런 이야기를 나눴다.

주된 이야기는 레브 엔터테인먼트의 향후 사업 계획 구상.

그런데 이야기를 나누는 동안 건형은 정명수 사장이 자신을 불편하게 여기는 듯한 느낌을 여러 번 받았다.

'한번 이야기를 해 봐야 할까?'

곰곰이 고민하던 건형은 아무 말도 꺼내지 않았다.

어차피 자신이 물어본다고 해도 그가 대답할 리가 없었다.

그가 직접 이야기하게 놔두는 게 더 나을 터였다.

'지금 괜히 내가 이야기해 봤자 그가 본심을 털어놓을 리가 없을 테니까 말이야.'

대화를 마무리 지은 뒤 건형은 회사를 빠져나왔다. 그리고 지현에게 전화를 걸었다.

오늘도 그녀는 바쁘게 일정을 소화하고 있었다.

그녀가 발매한 솔로 앨범이 연달아 히트를 치면서 사람들의 반응은 폭발적이었고 음악 방송에 나오는 것뿐만 아니라 각종 콘서트 무대에도 초대되고 있었다.

그렇다 보니 하루가 24시간이라고 해도 부족할 만큼 바쁜 상황이었다. 전화를 받을지도 의문이었다.

그런데 다행히 그녀가 전화를 받았다. 목소리가 잠에서 덜 깬 것을 보아하니 한창 잠자다가 일어난 모양이었다.

"자다 일어난 거야?"

[네, 오빠는 어디예요?]

"방금 전에 레브 엔터테인먼트 들렀다가 지금 집에 가고 있어. 그런데 너한테 물어볼 일이 있어서 전화한 거야."

[물어볼 일요? 그게 뭔데요?]

"요즘 스케줄 어때? 소화할 만해?"

[네. 이제 슬슬 바쁜 일은 얼추 다 끝났거든요. 다음 주에 솔로 활동도 마무리 지을 생각이고요. 플뢰르로 복귀앨범 내야죠.]

술술 대답하던 지현이 얼굴을 구기며 물었다.

[오빠, 설마 스케줄 또 잡으시려는 거 아니죠?]

"하하, 내 생각은 아니고 정명수 사장이 그러는데 '오늘 결혼했어요'에 출연해 볼 생각 없냐고 물어보더라고."

['오늘 결혼했어요'에 말이에요?]

목소리가 상기된 것 같다고 느껴진 건 자신만의 착각일

까.

이번에는 건형이 얼굴을 구겼다.

만약 그녀가 '오늘 결혼했어요'에 출연하는 걸 긍정적으로 생각하고 있다면 자신이 말릴 명분이 없어진다.

그녀가 싫다고 해야 출연하지 못하게 막을 수 있는데 좋다고 하면 어떻게 말리겠는가.

[흐음, 오빠는 어떻게 생각해요? 제가 출연하는 게 좋아 보여요?]

"아무래도 네 스케줄도 많고 하니까 출연하지 않는 게 더 낫지 않을까 싶은데."

[정말요? 정말 제 스케줄 걱정하셔서 그러시는 거예요?]

"그럼, 그럼. 다른 생각은 없다고."

[흥. 정말 그런 거죠?]

건형은 직감적으로 느꼈다.

여기서 말 한 번 잘못했다가는 큰코다칠 수 있다고.

결국 건형은 자신의 마음에 솔직해지기로 마음먹었다.

"그냥 출연하지 않았으면 좋겠어."

[그게 오빠 속마음이에요? 왜 그랬으면 좋겠는데요?]

"그야 당연히 질투할 거 같으니까 그렇지."

왠지 모르게 그녀 목소리가 조금 풀어진 것 같다고 느껴졌다.

건형이 걱정스러워할 때 그녀가 환하게 웃으며 대답했다.

[이번 스케줄만 마무리되면 조금 쉬려고 했어요. 정 사장님한테는 죄송하지만 없던 일로 해 달라고 할래요. 그리고 '오늘 결혼했어요' 그거 괜히 출연했다가 상대 남자하고 엮이는 것도 싫고요.]

건형이 그제야 한숨을 길게 내쉬었다.

생각보다 일이 잘 풀렸다.

그의 입장에서는 다행인 일이었다.

한동안 건형은 조용한 일상을 보냈다.

여름방학이긴 했지만 그는 틈틈이 대학교를 나가곤 했다. 대학교를 다닌 건 도서관 때문이었다. 여전히 그는 도서관은 들락날락하면서 지식을 쌓는 데 주력하고 있었다.

수많은 지식들이 머릿속 창고를 가득 채웠고 그때마다 건형은 자신이 발전한다는 느낌을 받았다. 아직 이게 무슨 감각인지 모르겠지만 뇌세포가 점점 더 활성화되면서 단순히 지식의 총량이 늘어나는 게 아니라 다양한 학문의 연결고리를 찾을 수 있게 된 느낌이었다.

그렇게 건형이 상아탑을 쌓아 올릴 무렵 지현은 스케줄을 모두 마무리하고 당분간 휴식기에 들어갔다. 그래 봤자 주어진 휴식은 보름 남짓. 그 이후에는 곧장 플뢰르 그룹 활동을 들어가야 했다.

연예인이라는 게 어차피 물이 들어오면 노를 저어야 하는 직업이다 보니 그럴 수밖에 없었다.

한창 인지도를 올려놨을 때 돈을 바짝 벌어들이는 게 필요했다.

물론 지현에게 가장 중요한 건 더 이상 돈이 아니었다. 돈은 건형이 넘칠 정도로 가지고 있었다. 그녀가 원하는 건 자신이 부르고 싶은 노래를 부르는 것이었다.

정명수 사장은 지현이 '오늘 결혼했어요'에 출연하지 않겠다고 하자 아쉬워하는 모습이 역력해 보였다. 아무래도 그는 인지도를 바짝 올리기 위해서는 '오늘 결혼했어요' 같은 예능 프로그램에 출연하는 게 좋을 것 같다고 생각하는 게 분명해 보였다.

그렇지만 당사자가 하기 싫다고 하니 어쩔 수 없었다.

그렇게 여름방학이 쏜살같이 지나갔다.

하지만 건형은 여전히 한 가지 해결되지 않은 문제를 안고 있었다.

그것은 행방불명된 지혁에 관한 것이었다.

초인의 시대를 언급했던 정체불명의 사내가 돌려보낸다고 했지만 보름이 지난 지금 여전히 감감무소식이었다.

'헨리 잭슨 교수한테 한번 전화를 해서 물어봐야 할까?'

지금 그 사내와 자신이 가지고 있는 접점은 헨리 잭슨 교수 한 명뿐이었다.

그러니 조금의 단서라도 얻기 위해서는 헨리 잭슨 교수에게 연락을 취해 보는 것이 좋지 않을까.

한참 고민하던 건형은 헨리 잭슨 교수한테 전화를 걸었다. 그러나 신호만 갈 뿐 전화를 받지 않았다. 그렇게 건형이 전화를 끊었을 때였다.

그때 인천국제공항에서 연락이 왔다. 누군가 건형을 찾고 있다고 말이다.

Chapter. 02

　건형은 자신을 찾는 사람이 있다는 말에 다른 일도 다 내팽개친 채 인천국제공항으로 부리나케 달렸다.

　순식간에 인천국제공항에 도착한 건형은 자신을 찾는다는 사람을 마주할 수 있었다.

　그렇지만 그는 곧 실망한 기색을 금치 못했다. 자신을 찾는 사람은 지혁이 아니었다. 웬 금발의 젊은 외국인이었다.

　건형은 얼굴을 굳히며 물었다.

　"누구시죠?"

　"반갑습니다. 미스터 팍. 헨리 교수가 한번 만나보면 어떻겠냐고 하길래 직접 찾아왔습니다."

'헨리 교수?'

건형은 그를 면밀하게 살폈다.

헨리 교수와 친하게 지낼 정도로 나이가 있어 보이는 사람은 아니다. 그러기에는 지나치게 젊다. 오히려 재벌2세를 떠올리게 한다.

"헨리 교수님하고는 어떻게 아는 사이신가요?"

"하하, 그렇게 의심하지 않으셔도 됩니다. 일단 제 소개부터 간단히 하죠. 저는 아이젠하워 가문의 노벨이라 합니다."

아이젠하워가.

건형도 잘 아는 가문 이름이다. 미국 대통령을 역임했던 위대한 가문 중 하나로 드와이트 아이젠하워 같은 경우 노르망디 상륙 작전을 성공시킨 위대한 군인이다.

제2차 세계대전 당시 연합군 최고사령관을 역임했던 인물로 그만큼 아이젠하워 가문은 미국의 명문가 중 하나였다.

그런 곳의 인물이 자신을 찾아온 것이다.

당연히 의심할 수밖에 없다.

건형은 의아한 얼굴로 그를 쳐다봤다.

도대체 이 사람이 왜 자신을 찾아온 것일까 하는 의구심이 머릿속에서 맹렬하게 돌아다니고 있었다.

"의심하지 않으셔도 됩니다. 당신을 찾아온 것은 호기심 때문입니다. 헨리 잭슨 교수가 당신을 그렇게 칭찬하더군요. 평소 누군가를 칭찬하는 것에 대단히 인색한 사람인데 말이죠."

"그런데 인천국제공항으로 저를 불러낸 이유가 뭡니까?"

"그게 말입니다. 제가 불쑥 가문에 말도 없이 찾아온 것이라서 말이죠. 그래서 아는 사람도 없고 막막하다 보니 미스터 팍을 찾게 됐습니다. 하하."

건형은 얼굴을 구기며 그를 노려봤다.

어처구니없기 이를 데 없었다. 순간 지금 이 사람이 아이젠하워가와 헨리 잭슨 교수를 팔아먹고 있는 게 아닌가 싶은 생각이 들 정도였다.

"며칠 정도 부탁 좀 하겠습니다. 돌아가는 비행기 표가 이틀 뒤거든요."

"……그러시죠."

그래도 자신을 찾아온 손님인데 문전박대할 수도 없는 노릇이었다.

건형은 그와 함께 서울에 마련해 둔 집으로 돌아왔다.

좁은 오피스텔 안에 남자 두 명이 들어차자 금세 꽉 차는 듯한 느낌이 들었다.

노벨 아이젠하워가 오피스텔을 슬쩍 둘러보다가 의아한 얼굴로 물었다.

"미스터 팍은 돈을 많이 벌지 않았습니까? 왜 이렇게 좁은 집에서 사시는 거죠?"

"제가 돈을 많이 벌다뇨?"

"당신이 월스트리트에서 유명한 펀드 매니저라는 것은 누구나 알 만한 이야깃거리죠. 지금 벌어들인 돈만 해도 장난 아닌 것으로 아는데요."

"이 집은 그 전에 잠시 빌린 집입니다. 그보다 이제 슬슬 본론을 꺼내 보시죠. 왜 여기 오신 거죠?"

"아까 말하지 않았습니까? 칭찬에 인색한 헨리 잭슨 교수가 누군가를 칭찬하는 걸 처음 봤다고요. 그래서 누군가 궁금해서 직접 보러 오기로 한 겁니다."

"헨리 잭슨 교수님한테 전화해서 물어봐도 되겠습니까?"

"상관없습니다. 헨리 잭슨 교수가 놀라겠군요. 제가 직접 당신을 만나러 갔냐면서요. 하하."

잠시 고민하던 건형은 일단 헨리 잭슨에게 전화를 걸었다.

얼마 지나지 않아 헨리 교수가 전화를 받았다.

"헨리 교수님, 오랜만입니다."

[그래, 오랜만이군. 그보다 이 시간에 무슨 일인가?]

생각해 보니 지금 미국 시간이면 새벽 두 시 무렵일 터였다.

"혹시 노벨 아이젠하워라는 사람에 대해 아십니까?"

단도직입적인 질문.

물어보면서 건형은 슬쩍 노벨이 무엇을 하는지 확인했다.

그는 오피스텔 안을 이리저리 둘러보며 호기심을 드러내고 있었다.

잠시 침묵이 오고 갔다.

그 정적을 깬 것은 헨리 잭슨 교수였다.

헨리 잭슨 교수가 당황해하며 입을 열었다.

[아니, 그 이름을 어디서 들었나?]

"지금 우리 집에 와 있거든요. 이 사람을 아시나요?"

[하하, 알다마다. 그분이 자네 집에 갔군.]

'그분?'

건형은 그 말에 생긴 빈틈을 놓치지 않았다.

무언가 숨겨진 게 있었다.

헨리 잭슨 교수가 숨기고자 하는 무언가가.

그렇지만 그는 시치미를 떼며 물었다.

"지위가 높으신 분인가 보죠?"

[하하, 내 후원자일세. 오래전부터 아이젠하워 가문이 나를 후원해 줬거든. 그분은 아이젠하워 가문의 직계존속으로 현재 아이젠하워 가문의 가주이기도 하다네.]

'아이젠하워 가문.'

뼈대 있는 가문이다. 우리나라로 치면 안동 김씨 같은 느낌이다.

미국 건국시절부터 함께 해 온 명문가문으로 미국 내에서도 여러 사람들한테 존경을 받고 있기까지 하다.

[내가 지난번에 자네 이야기를 했네. 미래가 기대되는 젊은 수학자가 있다고 말이야. 아마 그 이야기를 듣고 호기심이 생겨서 직접 한국으로 간 게 아닌가 싶군. 잘 대해 주게. 그분의 후원을 받는다면 한평생 돈 걱정 없이 학문 연구에만 몰두할 수 있다네. 그리고 또 하나……]

잠시 헨리 잭슨 교수가 말을 멈췄다.

정적이 이어졌다.

건형이 의아해할 때였다.

헨리 잭슨 교수가 재차 입을 열었다.

[일루미나티라고 들어본 적이 있나?]

"예. 그러나 그게 무슨……."

[아이젠하워 경한테는 이야기하지 말고 나중에 한번 알아보게나. 그러면 자네에게도 어느 정도 도움이 될 테지.]

헨리 잭슨 교수는 건형을 끌어안고 싶었다. 그러려면 아무래도 건형에게도 어느 정도 귀띔을 해 줘야 할 것 같았다.

그래야 건형도 그에 맞춰 대응을 할 수 있을 테니까.

노벨 아이젠하워에게는 말하지 말라는 이야기에 건형은 이게 그와 관련이 있다는 것을 눈치챘다.

그는 재빠르게 전화를 끊었다.

"감사합니다, 헨리 교수님. 나중에 다시 전화드리겠습니다."

건형이 노벨 아이젠하워에게 다가가서 물었다.

"저를 후원해 주시고자 여기에 오신 겁니까?"

"지나칠 정도로 직선적이군요. 그럴 마음도 있습니다."

"미국에도 유망한 수학자들은 많을 텐데요. 굳이 저를 후원해 주시겠다는 의도가 무엇입니까? 그리고 당신이 아는 것처럼 저는 혼자서 충분히 먹고 살 만한 돈을 가지고 있습니다."

"물론 당신이 월스트리트에서 갓핸드라고 불리는 건 잘 알고 있는 사실이죠. 그렇지만 세상은 돈만으로 돌아가는 게 아닙니다. 적당한 권력을 필요로 하죠. 그리고 그런 권력을 쥔 사람들은 세상에 얼마든지 있습니다. 그까짓 돈은 영원불멸하지 않죠."

"······."

"노노, 그렇게 정색하실 거 없습니다. 저는 당신과 우호적으로 지내고 싶은 사람입니다. 어쨌든 원래는 며칠 정도 여기에 머무를 생각이었지만 급히 돌아가 봐야겠습니다."

"예?"

"하하, 후원할 사람을 봤고 그 사람이 마음에 들었으니 굳이 더 남아 있을 이유가 있겠습니까? 시간은 금보다 더 소중한 법인데 서둘러서 움직여야죠. 어쨌든 오늘 만남 유쾌했습니다."

노벨 아이젠하워는 악수를 건넨 뒤 오피스텔을 빠져나갔다.

마치 귀신처럼 왔다가는 그를 보며 건형은 얼굴을 굳혔다.

자신이 순간 그에게 농락당했다는 느낌이 들어서였다.

상대하기 정말 까다로운 사내였다.

종잡을 수 없는 사람이랄까.

그가 떠난 뒤에도 건형은 계속 깊은 고민에 빠져 있을 수밖에 없었다.

한편 건형이 사는 오피스텔을 떠난 아이젠하워는 고급 리무진에 올라탔다. 그가 한국에 방문했다는 이야기를 듣고 그와 안면이 있는 사람이 직접 보내온 것이었다.

"인천국제공항으로 갑시다."

그때 리무진 기사가 조심스러운 목소리로 말했다.

"주인님께서 아이젠하워 경을 모셔 오라고 하셨습니다. 한번 뵙고자 하십니다."

"흠, 그가? 한번 가 보도록 합시다."

아이젠하워가 고개를 끄덕였다.

13인 위원회의 일인이자 마스터이기도 한 그였지만 이 사내의 주인 역시 13인 위원회의 일인이자 마스터였다.

두 사람은 서로 동등한 관계.

그가 자신을 직접 청한다는데 굳이 만남을 회피할 이유는 없었다.

빠르게 서울 시내를 가로지른 리무진이 도착한 곳은 고급 한정식 집이었다.

한 끼에 수십만 원을 호가하는, 그리고 아무나 쉽게 찾아올 수 없는 그런 곳.

그 앞에 멈춰 선 리무진, 노벨 아이젠하워는 리무진에서 내려 한정식 집 안으로 들어갔다.

한정식 집 안에는 나이가 지긋한 중년인이 자리하고 있었다.

"어서 오게, 아이젠하워."

"오랜만이군. 작년 모임 이후로 처음인가?"

"그러게 말이야. 그보다 한국에는 어쩐 일로 온 것인가? 유람을 하러 왔다고 보기에는 너무 짧은 방문 시간이고."

"흥미가 있는 사람이 한 명 있어서 말이야. 그 사람을 만나보러 왔다네."

"그게 누구지?"

"자네도 이름을 들어 봤을 거야. 박건형이라고."

"아…… 누군지 알 거 같군. 그를 후원하려고 온 것인가?"

"일단은 생각 중이네. 아직 모르겠어. 그랜드 마스터께서는 그를 탐탁지 않게 생각하는 거 같거든."

"그랜드 마스터가? 그분이 한낱 인간을 탐탁지 않게 생각할 이유라도 있는 것인가?"

그랜드 마스터는 인간을 초월한 존재였다. 오래된 연금술사의 후예, 그런 그가 한낱 인간을 신경 쓸 이유가 없다.

"글쎄. 나도 확실하게는 모르겠네. 그렇지만 지난번 13인 위원회에 안건을 올렸지만 통과되지 않았더군. 헨리 잭슨 교수가 적극 추천하는 인재길래 한번 권유했었거든."

"흠, 그 당시 자네는 회의에 참여하지 않았나?"

"그때에는 아직 13인 위원회에 참여할 자격이 되질 않았으니까."

실제로 그때 아이젠하워는 회의조차 참가할 수 없었다. 그 당시 아이젠하워는 13인 위원회에 참가할 자격이 미흡했기 때문이다.

그렇지만 얼마 전 그의 아버지, 클라인 아이젠하워가 사망하고 그가 가문을 물려받게 되면서 13인 위원회의 일원이 된 것이었다.

그래서 지금 13인 위원회의 위원 중 한 명으로 움직이고 있었다.

"그래서 자네한테 부탁하고 싶은 게 하나 있다네."

"부탁? 내게?"

중년인이 얼굴을 굳혔다. 까다로운 부탁이 될 것이 자명했다.

그래도 일단 이야기를 들어 두기로 했다. 빚을 지워 둔다는 것은 언젠가 그 빚을 다시 돌려받을 날이 온다는 의미이니까.

"그자를 감시해 줄 수 있겠나?"

"감시를 해 달라고?"

"그래, 그랜드 마스터께서 왜 그를 꺼려하는지 알아봐줬으면 싶네. 이 빚은 나중에 꼭 갚도록 하겠네."

"음, 그러도록 하지."

"고맙네."

그 이후 일상은 변화가 없었다.

노벨 아이젠하워를 한번 만난 이후 특별하게 바뀐 점은 없다고 봐야 했다.

그냥 일상, 그대로였다.

건형은 '대한민국, 퀴즈에 빠지다!'에 계속해서 출연했고 그것 외에는 학교생활을 하는 데 정신없이 시간을 보냈다.

그렇게 시간을 보내는 한편 지현과도 틈틈이 데이트를 즐겼다. 그렇지만 지현이 연예인이다 보니 사람들의 이목을 신경 쓸 수밖에 없었다.

아이돌인 지현이 연애한다는 게 밝혀지면 그녀에게 여러 가지로 피해가 갈 수 있기 때문이다.

하루가 지나고 열흘이 지났다.

이미 계절 학기는 끝났고 여름방학도 마무리되어 갈 무렵이었다.

건형은 학수고대하던 소식을 드디어 접할 수 있었다.

드디어 그가 인천국제공항을 통해서 귀국한 것이었다.

지혁, 바로 그가 돌아왔다.

그 이야기를 듣자마자 건형은 곧장 인천국제공항으로 향했다.

순식간에 인천국제공항에 도착한 건형은 지혁을 만날 수 있었다.

지혁은 얼마나 고생했는지 엄청 초췌해져 있었다. 예전의 그 활기차던 모습은 온데간데 사라지고 없었다.

"지혁 아저씨!"

건형이 다급히 지혁에게 달려들었다.

그때 그를 에스코트하며 왔던 스튜어디스가 다가와서 말했다.

"저 죄송하지만 이분은 지금 자신이 누군지 모르고 계세요."

"예? 그게 무슨 말씀이시죠?"

"단기 기억상실증을 앓고 있는 거 같아요. 저는 이분을 안내하라는 부탁을 받고 지금 나온 거거든요."

"자초지종을 설명해 주실 수 있을까요?"

그녀가 자초지종을 이야기했다.

그를 발견한 곳은 미국 뉴욕의 한 병원이었다고 한다. 그가 메고 있던 가방 안에 들어 있던 건 여권과 약간의 돈 그리고 한국행 퍼스트 클래스 티켓이었다고 한다.

뉴욕 병원에서는 미국 내 대한민국 대사관에 급히 연락을 취했고 평소 국내에 친분 있는 사람이 많았던 지혁은 무사히 귀국할 수 있게 된다.

문제는 그가 단기 기억상실증을 앓고 있다는 점이었다. 그럼에도 그가 나지막하게 외치고 있는 단어는 '박건형' 하나뿐.

그래서 시간에 맞춰 그를 국내로 돌려보냈고 건형에게 바로 연락을 취한 것이었다.

"지금부터는 제가 맡겠습니다."

스튜어디스한테 지혁을 인도받은 다음 건형은 일단 자동차로 향했다. 지혁은 아무 말 없이 인지능력을 잃은 것처럼 건형의 뒤를 쫓아올 뿐이었다.

"괜찮은 거예요?"

의학 지식도 있는 건형이다. 확실히 스튜어디스 말대로 지혁은 지금 단기 기억상실증을 앓고 있었다.

어떻게 해서 그가 단기 기억상실증을 앓게 된 것인지는 알 수 없었다.

그렇지만 하나 짐작 가는 것이 있었다.

자신과 통화를 했던 그 사내.

그 사내는 '초인의 시대'에 온 것을 환영한다고 했다.

그 말인즉슨 그 역시 초인 같은 능력을 가지고 있는 것일 지도 몰랐다.

만약 그가 자신과 정반대의 능력을 가지고 있다면?

자신의 능력은 '완전기억능력'이다.

퍽치기를 당하고 우연한 기회에 얻게 된 능력.

모든 것을 순식간에 외울 수 있고 그것은 마치 컴퓨터에 저장한 것처럼 잊어 먹지 않는다.

뿐만 아니라 그것들을 완벽하게 이해하고 자신의 것으로 습득하는 것이 가능하다.

그런데 이런 능력이 있다면 그 반대되는 능력도 있을 만 하다.

이를테면 사람의 기억을 지우는 능력.

그런 능력 말이다.

불가능한 건 아니다.

그렇기 때문에 그것도 충분히 염두에 둬야만 했다.

날렵하고 빨간 건형의 스포츠카가 지혁이 자주 머무르던 별장 앞에 도착했다.

건형은 지혁과 함께 별장 앞에 내렸다.

"여기가 어디지?"

"여기는 형이 살던 곳이에요. 형이 자주 머무르던 곳이기도 하고요."

지혁이 여기서 살았는지는 확실하게 모른다. 그는 여러 개의 안전 가옥을 가지고 있던 것으로 알고 있으니까.

그렇지만 지금 두 사람의 접점은 서울 근교에 있는 이 별장 하나뿐이다.

"여기가 내 집이라고? 나쁘지 않네."

지혁은 주변을 둘러봤다. 여전히 그의 얼굴은 초췌하기 이를 데 없었지만 얼굴 한구석은 편안해 보였다. 아무래도 심리적으로 안정감을 얻을 수 있는 곳에 와서 그런 것일까?

건형 입장에서는 사실 그보다 다행인 일이 더 있을 수가 없었다.

"안으로 들어가 봐야겠어. 열쇠는?"

건형은 그가 맡겨 뒀던 열쇠를 품에서 꺼내 건넸다.

자연스럽게 열쇠를 받은 지혁이 문을 열고 안으로 들어섰다. 그리고 그는 주변 물건들을 하나둘 둘러보기 시작했다.

한참 뒤 그가 입을 열었다.

"아무것도 기억이 나지 않는군. 여기가 정말 내 집이 맞지?"

"예, 맞아요. 여기 사진 봐 보세요."

건형이 사진 하나를 그에게 건넸다. 건형의 아버지와 그가 함께 찍은 사진, 평소에도 지혁은 그 사진을 애지중지했었다.

하나밖에 남지 않은 형님과의 추억이라고 하면서 말이다.

"음, 이 사람은 누구지?"

"제 아버지세요."

"그래? 지금은 어디 계시지?"

갑작스러운 질문에 건형이 순간 당황했다.

그러나 건형은 이내 침착한 얼굴로 대답했다.

"아버지는…… 돌아가셨어요."

"미안하다. 일부러 그런 건 아니었다."

"괜찮아요. 단기 기억상실증이라고 했으니까요. 금방 기억이 돌아올 것이라고 믿어요."

"그랬으면 나도 좋겠다. 도대체 나한테 무슨 일이 있었던 건지 나도 알 수가 없으니까. 빌어먹을!"

기억을 잃은 사람.

건형은 모든 것을 기억하고 있다. 심지어는 태어날 때의 기억까지 가지고 있다. 모든 기억세포를 완전히 회복시켰기 때문이다.

그렇기에 기억을 잃은 사람의 아픔도 느낄 수 있다.

만약 자신에게 이 능력이 사라진다면?

그도 인간인 만큼 서서히 기억들이 하나둘 사라질 테니까.

그러다가 생각이 미친 게 있었다.

'내가 이 기억상실증을 고칠 수는 없을까?'

건형의 능력은 모든 것을 완벽하게 기억하는 능력이다. 단순히 기억에 멈추는 게 아니라 지금은 그 기억을 토대로 새롭게 추론하는 것까지 가능해졌다.

그렇다면 이 능력을 토대로 해서 다른 사람의 기억을 되살리는 것은 불가능할까?

만약 이게 가능해진다면 단기 기억상실증뿐만 아니라 알츠하이머병 나아가서는 뇌와 관련 있는 질환마저 고칠 수 있는 능력을 얻는 것도 가능해질 수 있었다.

물론 그의 능력이 만능은 아니기 때문에 고칠 수 있는 건 이론상의 일일 뿐이지만.

자신의 뇌에는 관여하는 게 가능하지만 다른 사람의 뇌에도 관여할 수 있을지는 아직 알 수 없는 데다가 설령 가능하다고 하더라도 지금 완전기억능력이 어떠한 원리로 이루어지는지도 모르는데 자신에게 가장 소중한 사람 중 한 명인 지혁의 목숨을 걸고 도박을 하고 싶은 마음은 없었다.

'아직은 일러. 일단 이 능력이 어떤 식으로 이루어지는 건지 그것부터 확인한 다음 해도 늦지 않을 거야.'

지금 지혁에게 이 능력을 사용한다는 건 섣부른 생각이다.

자신의 뜻대로 이루어지지 않을 경우 오히려 그를 다치게 할 수 있다.

백 퍼센트 완벽하지 않은 이상 건형은 자신의 능력을 그에게 사용할 생각이 없었다.

어쨌든 지혁은 그 이후로도 집안 구석구석을 돌아봤다.

그러나 기억나는 건 없는 듯했다.

그가 지금 기억하고 있는 건 무엇일까.

잠시 뒤, 그가 입을 열었다.

"나는 어떤 사람이었지?"

"네?"

"말 그대로야. 내가 뭐하는 사람이었냐는 거지. 나는 범죄자였나? 아니면 평범한 사람이었나? 결혼은 했어? 자식은? 부모님은 어디 계시지? 가족은 아무도 없어? 그리고 너는 누구지? 스튜어디스 말로는 내가 유일하게 네 이름만 기억하고 있었다는데."

건형이 입을 열었다.

"당신의 이름은 김지혁, 정의를 꿈꾸는 사람이었죠. 전직 특수요원 출신이었고 각종 비리부패에 관한 정보를 모았어요. 가족은 없는 걸로 알고 있고요. 저는 박건형이고 아까 보여 준 사진에서 나온 우리 아버지가 당신과 가장 가깝게 지내던 분이셨어요."

"그래? 그럼 나는 너를 알고 있던 건가?"

"예. 제 기억에 우리 두 사람은 가장 가까운 사이였으니까요."

"……아직은 모르겠다. 누구 말을 믿어야 할지. 머릿속이 무척 혼란스럽거든."

"일단 이거 가지고 계세요. 임의로 하나 개통해 뒀어요. 나중에 생각나는 거 있으면 연락 주시면 됩니다."

건형은 그를 만나러 오기 전 개통해 뒀던 휴대폰을 내밀었다.

"연락처는 저장해 뒀겠지?"

"물론이죠."

"그래, 생각나는 대로 연락 주겠다."

"알겠습니다."

건형은 그 후 지혁의 집에서 나왔다.

아무것도 기억하지 못하는 지혁. 이런 상황에서 그를 더 심란하게 만들 필요는 없었다.

그냥 자연스럽게 물 흐르듯 흘러가는 대로 내버려 두는 게 더 나을 터였다.

집으로 돌아온 건형은 침대에 누웠다.

생각할 거리가 많아졌다.

지혁이 무사하게 돌아온 것은 정말 다행인 일이었다.

문제는 그가 기억을 잃어버렸다는 것.

그게 가장 큰 걱정거리였다.

'하루라도 빨리 기억을 되찾아야 할 텐데.'

그래야 지금 계획 중인 일도 무리 없이 진행할 수 있을 터였다.

건형은 그동안 지혁이 모아온 정보에 자신도 덩달아 여러 가지 정보를 모으고 있었다.

생각보다 대한민국은 썩어 가고 있었다.

이미 곳곳에서 부정부패가 판을 치고 있었고 각종 비리로 얼룩진 상태였다.

그리고 건형은 그 배후에 자리 잡은 집단을 하나둘 찾아
내고 있는 중이었다.

특히 그들 중 가장 덩치 큰 세력이 하나 있었는데 분위기
가 영 심상치 않았다.

지난번 스타플러스 엔터테인먼트의 박광호 실장이 실각
하고 실형을 선고받은 이후 그들은 한층 더 위협적으로 변
해 있었다. 그리고 그들도 자금과 사람들을 풀어서 그에 관
련이 있는 사람들을 조사하고 다니는 걸 보면 박광호를 건
드린 사람, 그러니까 건형을 찾아다니는 게 분명했다.

그들 대부분 정재계의 고위 인사들 혹은 다른 곳과 연결
되어 있는 고위 관계자들로 하나같이 무시 못 할 쟁쟁한 인
사들이었다.

그들 중 실세는 6선 국회의원 강해찬으로 여당의 원내 수
석부대표를 맡고 있는 실질적인 권력자라고 할 수 있었다.
그리고 이 집단의 수뇌부이기도 했다.

건형은 그 후 그를 끈질기게 밟아 오며 그가 맞닿아 있는
자금줄의 출처를 밝히고자 하고 있었다.

하지만 생각보다 그들은 대단히 교묘했고 사설 경호원까
지 고용해서 자신의 안전을 챙기는 중이었다.

이미 끈끈하게 얽히고설킨 그들 집단을 건형은 자신의 힘 만으로는 상대하기 어렵다고 판단하고 지혁의 도움을 간절히 필요로 하고 있었다. 그런데 그 지혁이 단기 기억상실증 상태로 한국에 돌아온 것이었다.

건형에게는 사실상 청천벽력과도 같은 일이었다.

그가 돌아오기만을 기다렸는데 정작 뭐 하나 해결될 움직임이 없었으니까.

"어떻게든 돌파구를 마련해야 해. 이대로라면 아버지를 볼 면목이 없어질 텐데……."

점점 더 깊게 파고들어 갈수록 건형은 아버지가 해 온 일이 무슨 일인지 깨달아 가고 있었다.

아버지는 단순히 목숨을 잃은 게 아니었다. 이 나라를 걱정하다가 비명에 돌아가신 것이었다. 그리고 자신은 그런 아버지의 유지를 이어받아야만 했다.

처음에는 그것을 거절하려 했다. 그에게는 지켜야 할 가족이 있으니까. 그리고 지현이도 있었으니까.

하지만 시간이 지나면서 건형은 이것이 단순하게 생각할 문제가 아니라고 생각하게 됐다.

그들을 그대로 내버려 뒀다가는 자신의 가족은 물론 지현에게까지도 여러모로 악영향을 미칠 수밖에 없다는 것이 분명해졌기 때문이다.

그렇지만 그들의 세력은 너무나도 컸다.

지금까지 모아 온 자료만으로도 그들의 범법 행위를 증명하는 데에는 문제가 없었지만 범법 행위를 증명한다고 한들 그들에게 직접적인 영향을 미칠 수 있을까?

그게 가장 곤혹스러운 점이었다.

실제로 김찬욱 검사 같은 경우 P양 사건을 꼼꼼하게 조사했으나 윗선에서 그것을 적당히 마무리해 버렸다. 그리고 유족에게는 약간의 손해 배상액만이 지급됐고 김찬욱 검사도 청주지검으로 좌천을 당하고 말았다.

박광호 같은 경우 징역형을 살게 됐지만 그 윗선이라 할 수 있는 실제 몸통들은 죄다 용케 몸을 빼낸 것이었다.

그런 상황에서 올바른 법의 심판을 기대한다는 건 말이 안 되는 이야기였다.

"그래, 검사들을 믿을 바에는 차라리 내가 직접 나서는 게 낫지."

박건형은 입술을 깨물었다.

애초에 지혁이 다크 나이트를 언급했던 이유가 뭐였겠는가.

그 역시 공권력을 동원할 생각도 했을 것이다. 실제로 권력자들과 접촉했을 수도 있을 테다. 개중에는 뜻있는 사람들도 있었을 터.

그렇지만 그렇게 해서 해결이 되지 않으니까 결국 본인 스스로 해결하려고 한 것 아닐까?

막연한 추측이지만 분명 그럴 가능성이 다분했다.

'내가 나설 때야.'

그러나 아직 뚜렷한 계획은 구체적으로 잡히지 않은 상태였다.

일단 대략적인 계획만 잡아 놓은 상태였다.

가장 커다란 목표는 하나였다.

대한민국을 올바르게 바로잡는 것.

거창한 것을 바라는 건 아니었다.

그가 대한민국의 대통령이 될 수 있는 것도 아니거니와 공권력을 동원하는 일도 불가능하기 때문이다.

그렇다면 지금 그가 할 수 있는 최선의 방법은 개인의 힘으로 이 세상을 바꾸는 것뿐이었다.

'혼자서 가능할까? 휴, 역시 지혁 아저씨가 필요해.'

아직은 불가능했다.

지혁이 돌아와야 했다.

그렇지만 그가 돌아올 수 있을지는 여전히 미지수였다.

그렇게 건형이 혼자 근심 걱정을 다 떠안은 것처럼 얼굴을 구기고 있을 때였다.

휴대폰으로 연락이 왔다.

전화를 걸어온 건 다름 아닌 지현이었다.

한창 스케줄을 소화하느라 바쁜 줄 알았는데 그녀가 전화를 걸어온 것이었다.

건형은 도대체 무슨 일로 그녀가 이 시간에 전화를 한 건지 궁금했다.

"무슨 일 있어? 지금 한창 바쁠 시간 아니야? 오늘도 스케줄 밀려 있지 않았어?"

[오빠, 부탁이 있어요. 들어줄 수 있어요?]

"부탁? 갑자기 웬 부탁?"

[일단 만나요. 회사…… 아니, 우리 숙소로 와 주세요. 급한 일이에요.]

지현의 다급한 목소리에 놀란 건형은 전화를 끊고 곧장 그녀가 머무르고 있는 숙소로 향했다.

하루라도 빨리 가서 무슨 일인지 알아봐야 했다.

Chapter. 03

건형이 플뢰르가 머무르고 있는 숙소에 도착한 건 삼십여 분 뒤였다. 그는 곧장 숙소로 올라갔고 자신을 기다리고 있는 지현을 만날 수가 있었다. 그런데 그곳에는 지현뿐만 아니라 다른 플뢰르 멤버들도 모여 있었다.

그녀들의 분위기가 심상치 않았다.

무슨 일이 터진 모양새다.

건형이 지현을 바라보며 물었다.

"무슨 일이야? 급한 일이라고 했잖아."

"사장님이 이상해요."

"사장님이? 정명수 사장님이 왜?"

건형이 의아한 얼굴로 그녀를 바라봤다.

정명수 사장은 전형적인 평범한 남자의 표본이었다. 실패하는 것을 두려워하고 자신과 자신 가족이 최우선인 대한민국의 평범한 가장.

그렇다 보니 레브 엔터테인먼트를 키우지 못했고 전전긍긍했던 것이었다.

물론 최근 레브 엔터테인먼트가 상승세를 타면서 정명수 사장도 조금씩 욕심을 내고 있는 것 같았지만 건형이 보기에 그는 그럴 만한 사람이 아니었다.

욕심을 내더라도 손쉽게 포기할 그럴 위인이었기 때문이다.

그런데 그가 이상한 모습을 보이고 있다고?

"자초지종을 설명해 줄 수 있어?"

"아직은 루머예요. 루머이긴 한데 조금 찜찜해서요. 저도 아는 언니한테 들은 이야기인데 정 사장님이 오빠를 되게 불편하게 생각하고 있다고 했어요. 레브 엔터테인먼트를 세운 건 자신인데 정작 오빠가 실세 노릇을 하다 보니까 자신은 바지사장이 된 거 같다고 말이죠."

예상했던 일이다.

건형이 막대한 자본을 투자했고 또 레브 엔터테인먼트에서 빛을 보지 못하던 사람들을 그가 성장시켰다.

실제로 강산이나 몇몇 사람들은 건형을 은인으로 생각하고 있다.

그게 정명수 사장 입장에서는 불편해 보였을 수 있다. 자신이 바지사장처럼 대접받고 있다고 생각했을지도 모른다.

그렇지만 건형은 경영권에 절대 욕심을 내지 않겠다고 했고 실제로 그는 경영권에 욕심이 없었다. 굳이 회사를 운영할 필요가 없기 때문이었다.

어차피 레브 엔터테인먼트는 알아서 잘 굴러가고 있는데다가 점점 더 상승세를 굳혀가고 있는 분위기였다.

외부의 도움이 없어도 충분히 성장 가능하다는 것.

거기에 생각이 미치자 문득 드는 의문이 있었다.

"혹시 외부 사람이 정 사장을 도와주기로 한 거야?"

"그럴 가능성이 있어요. 정 사장님이 이번에 회사 규모를 키우려고 한다는 이야기가 있었거든요."

건형이 입술을 깨물었다.

회사를 키우는 것.

나쁘지 않은 일이다.

기업은 수익을 창출해야 한다. 그래야 그 수익을 가지고 생명을 유지할 수 있다. 정명수 사장은 올바른 선택을 한 것이 맞았다.

다만 문제는 시기다.

지금 레브 엔터테인먼트는 알아서 잘 성장하고 있다. 굳이 누군가가 도움을 주지 않더라도 충분히 성장할 수 있는 잠재력을 갖고 있다는 말이다.

그런 상황에서 외부의 자금을 끌어모아서 회사를 키운다?

이것은 과욕이다.

아니면 건형의 영향력에서 벗어나고 싶어 하는 정 사장의 욕심일 수도 있다.

둘 중 어떤 게 맞든 간에 정명수 사장이 자신을 불편하게 여기는 것은 분명해 보였다.

'그렇다고 내가 따로 소속사를 차리는 것도 쉬운 일은 아닌데.'

건형이 레브 엔터테인먼트를 선택한 이유는 간단했다.

스타플러스 엔터테인먼트한테 피해를 봤고 그 피해 때문에 박광호 실장의 압박을 받더라도 플뢰르와 계약할 것이라고 믿었던 것이다.

실제로 정명수 사장은 자신이 대준 자금도 있긴 했지만

박광호 실장의 압력에도 굴하지 않고 플뢰르와 계약을 해 주긴 했다.

그 덕분에 지현이 솔로로 음반을 낼 수 있게 됐고 플뢰르도 덩달아 이름을 알리게 됐으니 사실 어떻게 보면 정명수 사장은 건형에게 큰 조력자나 마찬가지였다.

문제는 정명수 사장이 자신에게 불만을 갖고 있다는 점이었다.

정명수 사장이 경영 능력은 떨어질지 몰라도 그의 마당발 같은 인맥은 상당했다. 그래서 건형이 일부러 레브 엔터테인먼트를 선택한 것이기도 했다.

정명수 사장의 인맥을 믿고 투자한 것이었고 실제로 그것은 잘 먹혀든 상태였다.

'정명수 사장을 직접 만나볼까? 스타플러스 엔터테인먼트한테 한 번 호되게 당했는데. 그들이 달면 삼키고 쓰면 뱉는다는 걸 모르지도 않을 텐데 말이야.'

"일단 소문은 소문일 뿐이니까 아직 아무 이야기하지 말고 있어. 정 안 되면 내가 기획사를 새로 차리든가 할 테니까."

"아, 네. 오빠."

"뜬소문에 휘둘리면 안 되는 거야. 일단 내가 정 사장을 만나고 올게. 그때까지 기다리고 있어 봐."

"알았어요."

건형은 자신이 직접 정명수 사장을 만나보기로 마음먹었다.

아무래도 그를 직접 만나서 대화를 들어 봐야 할 것 같았다.

레브 엔터테인먼트 빌딩 안.

정명수는 사장실에서 곰곰이 생각에 잠겨 있었다.

며칠 전 근사한 제안을 하나 받았다. 앞으로 자신에게 협력한다면 레브 엔터테인먼트를 업계 1위로 키워 주겠다는 그런 제안이었다.

처음에는 콧방귀를 뀌며 무시했다. 이미 레브 엔터테인먼트는 순풍에 돛을 단 것처럼 잘 나가고 있었고 굳이 누군가의 도움을 받을 필요는 없었기 때문이다.

그렇지만 시간이 갈수록 그 제안이 끌렸다.

이유는 간단했다.

건형 때문이었다.

"어째 나보다 박 이사가 더 실세 같단 말이야. 바지사장이라는 소리까지 듣고."

오랜만에 몇몇 기획사들끼리 간단한 오찬을 가졌는데 그때 그런 이야기가 나온 적이 있었다. 드림 엔터테인먼트의 사장 박후식이 은근슬쩍 흘린 말이 가져온 여파였다.

요새 레브 엔터테인먼트의 실세는 정명수가 아니라 박건형 같다, 박건형이 사실 애들 키워 내고 경영하고 투자하고 전부 다 해먹고 있는 게 아니냐, 라는 말.

그 말 때문에 속으로만 끙끙 앓던 정명수는 오찬을 먹는지 마는지 하고 집으로 돌아올 수밖에 없었다.

그렇다고 해서 건형을 내칠 생각은 없었다. 이미 그와 건형은 많은 것을 공유하고 있었다. 만약 건형이 투자한 자금이 빠져나간다면 레브 엔터테인먼트는 끝장이었다.

최근 주춤하고 있지만 그래도 여전히 동아시아권에서 먹히는 한류 열풍에 합세해서 플뢰르를 비롯한 몇몇 아이돌 그룹을 편승시키려던 계획이 무산될 가능성이 높았다. 그뿐만 아니라 드라마나 영화에 투자하는 것도 불가능해질 게 뻔했다.

실력이 없다면 뒷돈으로 연기자를 꽂아야 하는데 그러려면 그 영화나 드라마 등에 거액의 돈을 투자해야만 가능했다.

자본주의 세상이다.

돈 없는 곳에 아무것도 없다, 라는 말이 괜히 나온 것이 아니다.

모든 게 다 돈과 연결이 되어 있었다.

그렇다 보니 정명수 사장도 박건형을 버리지 못하고 있는 것이다.

그가 사실상 레브 엔터테인먼트의 돈줄이나 다름없으니까.

그런 상황에서 업계 1위인 드림 엔터테인먼트를 뛰어넘을 수 있게 자금을 지원해 주겠다니 솔깃할 수밖에 없는 제안이었다.

이미 스타플러스 엔터테인먼트에서 A급 연예인들을 여럿 빼오기 시작했고 S급 연예인도 노려보고 있었다.

그러나 S급 연예인들은 아무래도 몸값이 비싸다 보니 많은 돈을 들여야 데려오는 게 가능했다.

그러기 위해서는 자금을 많이 조달할 필요가 있었고 정명수 사장이 그 해결책으로 강구하고 있는 게 박건형의 투자 또는 그 윗선에서의 투자 둘 중 하나였다.

처음에는 박건형이 투자해 줄 돈으로 프로젝트를 진행하려 했지만 최근 들어서는 갈팡질팡하고 있었다.

어떤 걸 선택하는 게 옳을지 판단이 제대로 안 서고 있어서였다.

'그들한테 도움을 받는 것도 나쁘지 않긴 한데…….'

은밀히 평소 자주 알고 지내던 사람들을 통해 그들의 뒷조사를 해 보게 했다. 그리고 밝혀진 것은 대단히 좋았다.

건실한 투자금융회사로 자본 총액도 탄탄하고 재무 상태도 건전한 곳이었다. 왜 투자를 굳이 자신의 회사에 해 주려고 하는 건가 라는 생각이 들 정도로 좋은 회사였다.

'솔직히 말해서 드림 엔터테인먼트에 투자하는 게 훨씬 더 이득일 텐데 말이야.'

드림 엔터테인먼트에서도 이 회사의 투자를 적극적으로 받아들이고자 한 것으로 알고 있었다.

그렇지만 이 회사는 드림 엔터테인먼트가 아닌 박광호 실장이 있던 스타플러스 엔터테인먼트를 투자했었다.

그러다가 이번에 스타플러스 엔터테인먼트 투자를 접고 레브 엔터테인먼트로 발걸음을 돌린 것이었다.

'이상해. 분명 업계에도 소문이 나 있을 텐데. 우리 때문에 스타플러스가 가라앉았다고. 그러면 그들 입장에서 우리는 목젖에 걸린 가시 같은 느낌일 텐데 어째서 우리한테 투자를 하려고 하는 걸까.'

이해할 수 없는 일이었다.

투자하려는 의도를 파악할 수 없다는 그런 의미다.

그래서 정명수 사장은 정말 좋은 제안을 받고도 며칠째 결정을 내리지 못하고 있었다. 우유부단한 그의 성격 때문이기도 했지만 그럴 수밖에 없는 이유가 있기도 했다.

마치 자신을 함정으로 끌어들이려는 것처럼 맛 좋고 달콤한 먹이로 유혹하는 듯한 느낌이 짙어서였다.

그렇게 갈등에 빠져 있을 때였다.

비서가 인터폰을 걸어 왔다.

급한 일이 아니면 인터폰하지 말고 아무도 없다, 라고 분명히 이야기해 뒀는데 인터폰을 하는 것을 보면 중요한 손님이 찾아온 모양이었다.

"무슨 일이야? 웬만한 일 아니면 연락하지 말라고 했을 텐데?"

[저 그게 사장님, 이사님께서 찾아오셨어요.]

"이사? 박 이사?"

[네, 지금 앞에 계세요. 사장님하고 긴히 하실 말이 있으시다고…….]

박건형이 찾아왔다고 한다.

그도 눈이 있고 귀가 있다.

분명히 업계에 파다하게 떠도는 소문을 듣고 찾아온 것

일 터다.

옛말에 낮말은 새가 듣고 밤말은 쥐가 듣는다고 하지 않든가.

정명수는 얼굴을 구겼다. 이렇게 된 이상 불러들여서 무슨 말을 하더라도 시치미를 뚝 떼는 수밖에 없을 듯했다.

"들여보내."

[예, 사장님.]

잠시 뒤, 건형이 정명수 앞에 섰다. 정명수는 건형을 바라보며 순간 움찔했다. 자신보다 수십 살 어린 녀석의 패기에 자신도 모르게 눌린 것이었다.

"일단 자리에 앉죠."

정명수는 애써 마음을 가라앉혔다.

기세 싸움에서 밀리면 승기를 가져오는 건 불가능해진다.

이미 바지사장이라는 말까지 듣고 있는 상황.

여기서 확실히 선제권을 먹고 가야만 했다.

"무슨 일로 여기까지 온 겁니까?"

"사장님과 논의해야 할 일이 있을 거 같아서 말입니다. 이미 어느 정도 짐작하고 계시리라 생각합니다."

건형의 날카로운 말투에 정명수가 얼굴을 붉혔다. 세 살 어린아이라도 알 수 있는 일이다. 약간의 눈치만 있어도 쉽게 알아챌 수 있는 일.

정명수가 입술을 말며 말했다.

"그래서요? 그런 것까지 내가 일일이 자네한테 보고해야 한다고 생각하는 건가요?"

"그건 아닙니다. 그러나 정 사장님, 우리는 동업자라고 생각하고 있습니다. 저는 정 사장님을 믿고 있고 맨 처음 이야기했듯이 경영권에 관해서는 일체 관심이 없습니다. 다만 제가 법정대리인을 맡고 있는 그룹 플뢰르 그리고 지현이가 잘 됐으면 하는 바람뿐인 거죠."

"……자네 말을 내가 어떻게 믿죠?"

"한 투자금융회사로부터 투자를 받기로 했다고 들었습니다. 그 회사가 어디입니까?"

"자네가 그것을 알아서 뭐 합니까?"

"알아야 할 필요가 있습니다. 만약 그곳이 투자를 빌미로 사장님한테 불합리한 요구를 해 온다면 어떻게 할 생각이시죠? 그때도 어쩔 수 없이 따를 생각입니까?"

정명수 사장의 말끝이 날카로워졌다.

존댓말을 쓰던 그가 하대를 해 가며 목소리를 높였다.

"불합리한 요구? 나는 여태 그런 걸 들어준 적이 없어!"

"그래서 제가 레브 엔터테인먼트로 온 것이기도 합니다. 편협한 시선으로 저를 바라보지 마시죠. 외부의 시선이 중요한 게 아닙니다. 중요한 건 자신의 마음속입니다."

"이 사람이! 보자 보자 하니까 이제 나를 아랫사람처럼 보고 가르치겠다는 건가? 내가 그렇게 만만하게 보이나!"

건형이 한숨을 길게 내쉬었다.

아무래도 그동안 풀지 않았던 오해가 응어리진 채 쌓인 듯한 느낌이었다.

"정 사장님. 진정하시고 일단 제 말부터 들어주십시오."

"나는 당신하고 할 이야기가 없네. 이 회사는 내 회사야. 내가 피땀을 흘려서 가꾼 회사란 말이야! 당신 회사가 아니란 말이야!"

"저는 애초에 이 회사를 탐낸 적이 없습니다. 사장님도 잘 알고 계시지 않습니까?"

건형은 차근차근 정 사장의 응어리진 마음을 풀기 위해 애쓰기 시작했다.

이럴 때 괜히 충고를 하는 것은 오히려 역효과를 만들어 낼 수 있다. 그보다는 진정성을 담아 이야기하는 것이 더 도움이 될 것이 분명했다.

"그것을 어떻게 믿어! 안 그래? 그런 말 믿고 같이 일하다가 빈털터리 된 게 한두 명이 아니야. 알아?"

"사장님. 저는 그렇지 않습니다. 제가 만약 욕심을 냈다면 애초에 레브 엔터테인먼트 주식을 전부 다 사들였을 겁니다. 그리고 제가 경영권을 차지했겠죠. 그러나 저는 사장님께 직접 찾아와서 사정을 이야기하고 도움을 요청했었습니다. 사장님도 알지 않습니까?"

"……."

"사장님, 저는 레브 엔터테인먼트의 경영권에는 관심이 없습니다. 제가 원하는 것은 사장님과 오래도록 좋은 관계를 유지하는 것뿐입니다."

정명수 사장이 점점 마음을 열었다.

건형의 진심 어린 이야기가 그의 마음을 조금씩 열어젖히고 있었다.

"정 저를 믿지 못한다면 각서라도 쓰겠습니다. 그러면 안심이 되시겠습니까? 아니면 제 주식을 사장님께 양도하죠."

건형이 초강수를 뒀다.

여기서 정명수 사장이 냉큼 그것을 받아들인다면 그는 미련 없이 위약금을 지불하고 플뢰르와 함께 레브 엔터테인먼트를 나올 생각이었다.

애초에 레브 엔터테인먼트와 함께 가기로 마음먹었던 것은 신뢰를 우선시했기 때문이다.

그 신뢰를 정명수 사장이 깨트리려고 한다면 자신도 그것을 지킬 필요가 없게 되는 셈이다.

한참 동안 정명수 사장이 고민에 잠긴 채 생각을 정리했다.

여전히 그는 혼란스러워하고 있었다.

건형을 믿어도 될지 아니면 독자 노선을 걸어야 할지.

그리고 꽤 오랜 시간이 더 흐른 뒤에야 정명수 사장이 입을 열었다.

"미안합니다. 그동안 내가 잘못 생각했던 모양입니다. 당신을 단단히 오해했었어요. 아마도 많은 사람들이 떠들어 대는 이야기에 내 주관이 흔들렸던 거 같습니다. 정말 미안합니다."

그래도 정명수 사장은 주관이 뚜렷한 사람이다. 뿐만 아니라 그는 잘못된 것을 사과할 줄 아는 용기도 가지고 있다.

그제야 건형은 환하게 미소를 지어 보일 수 있었다.

"아닙니다. 사장님께서 지금이라도 현명한 결정을 내려 주셔서 감사할 따름입니다."

"이제부터라도 박 이사를 전적으로 믿겠습니다. 내 욕심이 지나쳤던 모양이에요. 그 욕심 때문에 한차례 내 인생을 거덜 냈을 뻔했었는데도 불구하고. 휴, 나도 참 어리석죠?"

"괜찮습니다. 그럴 수도 있죠. 사람 마음이라는 게 정말 어려운 거니까요. 열 길 물속은 알아도 한 길 사람의 속은 모른다고 하는 게 괜히 있는 말이 아니니까요."

"제 마음을 헤아려 줘서 정말 고맙습니다. 앞으로는 이런 일이 없을 겁니다."

정명수 사장은 건형에게 고개를 숙이며 사과를 했다.

"그보다 투자 제의를 해 왔던 곳이 어디였습니까? 제가 한번 그들 뒤를 알아봐야겠습니다. 지금 이 시점에 투자 제의를 해 온다는 것은 나쁘지 않은 일이긴 하지만 조금 껄끄럽습니다."

"폴라리스라고 하더군요. 이 바닥에서 들리는 소문에 따르면 대단한 거물들이 그 뒤를 봐준다고 들었습니다. 특히 여당에서 실권을 잡은 사람들이 포진되어 있다고 하던데. 확실하진 않은 이야기이긴 하지만. 그래서 귀가 솔깃하기도 했지요. 그들에게 투자를 받는다면 드림 엔터테인먼트를 넘어서는 것도 어려운 일은 아니니까 말이죠. 문제는 이곳이 기존에 스타플러스 엔터테인먼트를 후원해 왔다는 점입니다. 여러모로 뒤가 켕기는 상황입니다."

　물론 그것에는 드림 엔터테인먼트의 사장 박후식이 자신
을 계속해서 괄시하는 것도 있었다. 그것 때문에 자꾸 욕심
을 내고 있는 것은 부인할 수 없는 사실이었다.

　"흠, 원래 달콤한 것은 그만큼 독이 들어 있을 가능성이
높죠. 일단 제가 한번 알아보도록 하겠습니다. 그리고 최근
진행 중인 프로젝트는 어떤 편이죠?"

　"일단 다각도로 여러 구상을 하고 있습니다. 아무래도
한류가 여전히 강세다 보니까 그쪽을 노려볼까 합니다. 특
히 중화권이 가장 강력하다 보니 그쪽을 집중적으로 생각
하고 있죠."

　"중화권이라……."

　인구수 14억의 중화권은 정말 매력적인 시장임이 맞다.

　한 명에게 음반CD 1장씩만 판다고 해도 음반CD 14억
장을 팔 수 있는 것이다.

　물론 그만큼 저작권 개념이 아직 희박한 나라라서 손해
보기도 쉽지만 그렇다고 그 많은 인구가 어디 가는 건 아니
다.

　"충분히 노려볼 만한 곳이죠."

　요즘 아이돌들이 빡빡한 이유가 그 때문이다. 외국 시장

도 노려야 하다 보니 여러 외국어를 어느 정도 말할 수 있을 정도로 익혀야 하는데다가 각종 예능 프로그램에 나가면 개인기도 해야 하니 이래저래 빡빡할 수밖에 없었다.

"일본은 포기하고 중화권으로 노리시는 건가요?"

"그 바닥은 이미 드림 엔터테인먼트가 꽉 잡고 있으니까요. 우리는 후발 주자인데 당연히 어려울 수밖에 없을 거예요. 만약 그쪽에서 먼저 손을 내밀어 준다면 모를까. 그렇지 않는 이상 우리 쪽에서 먼저 접근하는 건 쉽지 않은 일이죠."

건형이 완전기억능력 덕분에 세상사에 해박해졌다고 하지만 그 역시 약간의 한계를 가지고 있다. 어떤 학문이나 전문 분야에 수십 년 몸담아 온 사람이 있다면 그 사람을 완벽하게 넘어서는 건 어려울 수 있다는 것이다.

건형이 배운 것은 대부분 도서관의 지식들이고 현장에서의 지식은 쉽게 쌓이는 게 아니었으니까.

그것들은 직접 몸으로 부딪치며 배워야 하는 것이다.

그렇다 보니 이 바닥에서의 감은 자신보다 정명수 사장이 더 뚜렷할 수 있다. 이럴 때는 그를 믿고 맡겨 주는 것이 나을 듯했다.

"그 부분은 사장님 뜻대로 해 주십시오. 어차피 그건 사장님 전문 분야가 아니겠습니까?"

"여하튼 그동안 내가 했던 일이 부끄럽군요. 괜히 같은 집안 식구들끼리 얼굴 붉히며 지냈으니 말입니다. 앞으로는 그런 일이 없도록 하겠어요."

"예, 감사합니다. 그리고 폴라리스에 관해서는 제가 조금 더 자세하게 알아보도록 하겠습니다."

아무래도 느낌이 왔다.

폴라리스 투자금융회사.

좋지 않은 느낌이다.

뒤에 이것저것 덩어리들이 얽혀 있다고 해야 할까?

정명수 사장이 고개를 끄덕였다.

폴라리스 투자금융회사의 사장인 이덕구는 얼굴을 구겼다. 방금 전 레브 엔터테인먼트에서 투자 제의를 정중히 거절하겠다고 답변이 왔기 때문이었다. 조금만 더 떡밥을 던지면 충분히 먹잇감을 낚아 챌 대어였는데 아쉽게 그 대어가 낚싯대를 지나쳐서 날렵하게 도망쳤다.

아무래도 이것은 윗선에서 내려온 지시다 보니 반드시 성사해야 할 일이었다.

그런데 그게 무산되었으니 기분이 착잡할 수밖에 없었

다. 분명히 이런저런 이유로 조인트를 깔 게 분명했으니까.

"도대체 왜 안 한다는 거야?"

"그게 저…… 스타플러스 엔터테인먼트를 후원하던 곳이 자신들을 후원해 준다고 하니까 그게 영 껄끄러웠나봅니다. 아무래도 이 바닥이 좁다 보니까 이래저래 소문이 돌아서."

"야, 이거 반드시 성사시키라고 한 말 못 들었어? 펑크나면 너도 나도 둘 다 죽은 목숨이야. 무슨 말인지 모르겠어? 끝장이라고, 임마."

"그런데 안 하겠다는데 어떻게 하겠습니까? 강제로 끌고와서 도장 찍게 할 수도 없는 거고요."

"응? 방금 뭐라고?"

"강제로 끌고 와서 도장을 찍게 한다고요."

"그거 나쁘지 않네. 그렇게 하자. 아래 부리는 애들 있지. 걔네 데려와. 걔네 보고 작업 좀 치자고 하자. 정 사장어디 사는지 알아내고 빨리 해치우자. 잡아 와서 가족 놓고협박하면 안 배기고 쓰겠어?"

"형님, 그러다가 뒤꽁무니 잡히면 위험해질 수도 있는데요?"

"얌마. 그건 뒤에 계신 분들이 알아서 처리해 주실 거야.

혹시 모르니까 미리 허락받아 둘게. 하여간 짜식이 겁은 많
아서."

이덕구는 궁시렁거리며 전화를 걸었다.

잠시 뒤 전화를 받은 것은 6선 국회의원 강해찬의 수석
보좌관이었다.

[뭐? 그쪽에서 투자를 거절했다고?]

"예. 아무래도 이놈들이 눈치를 챈 모양입니다."

[그래서 어떻게 하고 싶다고?]

"애들을 시켜서 납치를 해 온 다음 강제로 도장을 찍게
하면 어떨까 싶습니다."

[투자를 해 줄 테니까 도장을 찍게 한다? 그게 말이 되는
소리야? 돈 줄 테니까 도장 찍으라고 협박한다는 이야기잖
아!]

"그래서 겸사겸사 사채도 끼워 넣으려고 생각하고 있습
니다."

[흐음, 일단 진행해 봐. 차질이 생기는 대로 바로 연락하
고. 의원님 기분이 요새 영 좋지 않으셔. 앓던 이를 뺀 줄
알았는데 그게 아직 찝찝하신 모양이야. 그러니까 서둘러
서 해결해 보라고. 어떤 놈이 레브 엔터테인먼트를 쥐고 흔
드는지 파악하란 말이야!]

"거 박건형이라는 놈은 어떻게 됐습니까?"

[음, 그놈은 일단 보류야. 의원님도 손대기 껄끄러워 해. 그 퀴즈쇼는 둘째 치고 헨리 잭슨 교수하고 연결이 되어 있어서 말이야. 일단 이 이야기는 나중에 하고 확실하게 투자 약속 받아 둬. 그래야 나중에 집어삼키기 쉬우니까.]

"예, 알겠습니다."

이덕구는 얼굴을 구기며 전화를 끊었다. 사실상 이 폴라리스 투자금융회사는 이제 자신 것이나 다름없었는데 여전히 그의 지시를 받아야 한다는 게 영 불만이었다.

그렇다고 해서 독립할 생각은 엄두도 내지 못하고 있었다. 만약 그런 생각을 조금이라도 드러냈다가는 쥐도 새도 모르게 이튿날 한강에서 변사체로 발견될 가능성이 99퍼센트였기 때문이다.

그가 이 회사 사장 역할을 맡을 수 있던 것은 순전히 뒤처리를 잘해서였다.

"이번 일을 잘 해결해야 해. 안 그러면 여태 내가 쌓아뒀던 게 죄다 물거품이 될 테니까."

이덕구는 혼잣말로 중얼거리며 탁자에 놓여 있는 정명수 사장의 사진을 쿡쿡 볼펜으로 찔렀다. 일단 이놈을 잡아야만 했다.

건형과 정 사장은 그 뒤로도 계속해서 사업 이야기를 나눴다. 그동안 서로 말다툼이 있다 보니 사업도 침체되는 느낌이 강했다.

그러다가 이번에 서로 마음이 통하게 되면서 사업도 다시 활기를 띠기 시작했다. 어차피 건형은 주로 투자를 하고 그것으로 영업을 하는 건 정명수의 몫이었다.

정명수가 몇 차례 엔터테인먼트 사업을 하면서 손해를 본 것은 그의 능력 부족 때문이 아니었다. 스타플러스 엔터테인먼트 같은 대형 엔터테인먼트의 텃세 때문이었다.

물론 무리하게 경영 확대를 한 것도 있었지만 그 당시에만 해도 정명수는 그게 충분히 통할 수 있을 것이라고 생각했었다.

그게 물거품이 된 거였을 뿐이다.

그러다가 건형의 막대한 자금이 쏟아지면서 사업은 술술 풀리는 중이었다.

그렇게 이런저런 사업을 다각도로 구상할 무렵이었다.

지현에게 연락이 왔다.

아직도 연락이 오질 않고 있으니 걱정이 돼서 전화를 해 온 모양이었다.

"저는 잠시 전화 좀 받고 오겠습니다."

"예, 알겠습니다. 잠시 쉬시죠. 저도 담배 좀 한 대 피워야겠습니다. 그래도 박 이사님 덕분에 개운합니다. 하하."

정명수도 고개를 끄덕였다.

기지개를 켜며 일어서는 그의 얼굴에는 피로가 짙게 쌓여 있었다. 그렇지만 눈빛만큼은 맑고 또렷했다.

사무실 바깥에 나와서 건형은 전화를 다시 걸었다.

"아, 응. 잘 해결했어."

[정말이에요? 휴, 다행이네요.]

"걱정하지 않아도 될 거야."

[네, 그럴게요. 곧장 집으로 갈 거예요?]

"그래야겠지? 아무래도 네 숙소 들렀다가 가는 건 시간이 부족할 거 같아서. 무슨 급한 일이라도 있어?"

[그게 저는 아닌데…… 수현이가 오빠한테 하고 싶은 말이 있나 봐요.]

플뢰르의 랩퍼이나 막내인 수현이, 평소 말수가 적고 수줍음을 많이 타는 그녀가 할 말이 있다는 것에 건형이 의아해하며 물었다.

"무슨 일인데?"

[그게 오빠 만나기 전에는 이야기를 하지 않으려고 해서 요. 있다가 와 줄 수 있겠어요?]

"알았어. 금방 끝날 테니까 곧바로 갈게."

전화를 끊은 뒤 건형은 곰곰이 생각에 잠겼다.

무슨 일로 자신을 찾는 것인지는 알 수 없지만 급한 일인 것은 분명해 보였다.

평소 말수도 적고 데면데면한데 이렇게 자신을 찾는다는 건 다 이유가 있다는 것이었다.

'있다가 가 보면 알 수 있겠지.'

일단 느긋하게 생각하기로 마음먹으며 건형은 정 사장 사무실로 다시 들어섰다.

"급한 일이야?"

"예. 곧 가 봐야 할 거 같네요."

"어차피 사업 이야기는 여기까지면 충분할 거 같아. 앞 으로도 잘 해 보자고."

"예, 물론입니다. 잘 부탁합니다, 정 사장님."

"나도 잘 부탁해. 박 이사."

정 사장과 미팅을 마친 뒤 건형은 다시 플뢰르의 숙소로 향했다.

그곳으로 가는 동안 건형은 근처 빵집을 들러 케이크와

빵도 함께 사는 센스를 발휘했다. 아무래도 계속 다이어트를 요구받는 아이돌 그룹이다 보니 이런 선물을 가져가는 게 나을 것이라고 생각해서였다.

역시 반응은 끝내줬다.

다들 건형의 선물을 격하게 환영했다.

그렇게 플뢰르로부터 호감을 얻어 내는 데 성공한 건형은 한층 더 부드러운 얼굴로 플뢰르 멤버들을 마주할 수 있었다.

그런데 막내 수현이 보이질 않았다.

건형이 지현을 바라보며 물었다.

"수현이는?"

"방 안에 혼자 있어요."

"알았어. 내가 한번 들어가 볼게."

지현이 고개를 살며시 끄덕였다.

똑똑—

방문을 두 번 두드린 다음 건형이 조심스럽게 입을 열었다.

"안에 들어가도 될까?"

"네, 들어오세요."

풀이 죽은 목소리. 잔뜩 가라앉아 있다.

분명히 무슨 일이 있긴 있다.

방 안은 어두컴컴했다. 수줍음을 많이 타는 성격이긴 해
도 이렇게 음침하진 않았다. 또래 애들처럼 밝고 화사한 그
런 애였다.

그런데 방 안 분위기부터 이렇다는 건 분명히 무언가 문
제가 있다는 이야기였다.

건형이 조심스럽게 수현에게 다가가서 물었다.

"수현아, 나 왔어. 무슨 일이야?"

"오빠……."

잠시 머뭇거리던 수현이 건형을 쳐다보며 물었다.

"지난번예요. 나이트클럽에 언니 강제로 끌려갔을 때 언
니 구해 줬던 게 오빠 맞죠?"

"응?"

"그때 클럽에 박광호가 강제로 언니 데려갔을 때 구해
준 사람이 오빠 맞죠?"

무슨 말을 하는 건지 뒤늦게 생각이 났다.

박광호 실장이 한참 스타플러스 엔터테인먼트를 쥐고 흔
들 때 지현을 데리고 강제로 나이트클럽을 데려간 적이 있
었다. VVIP에게 대접을 하고자 함이었다.

그때 VVIP가 지현에게 호감을 가지고 있었고 그것을 이

용해 먹으려고 그랬었는데 결정적으로 그 시간 건형이 그것을 알아채고 지현을 구해 준 적이 있었다.

당시 플뢰르 숙소에서 하연과 수현한테 지현의 행방을 물어본 적이 있었는데 아마 그때부터 어렴풋이 눈치를 챈 듯했다.

"……괜찮아요. 언니한테 말할 생각은 없으니까요. 사실 저는 그냥 계속 묻어 둘 생각이었어요."

"그런데 왜 이제 와서 이야기하는 거야?"

"제 친구가 위험해요. 오빠가 도와주면 안 돼요? 오빠는 도와줄 수 있잖아요."

"친구가 위험하다고?"

건형이 들어줄 기미가 보이자 수현이 자초지종을 설명하기 시작했다.

이야기를 들을수록 건형이 얼굴을 구겼다.

'이 개호로 같은 자식들을 봤나.'

그가 입술을 깨물었다.

연예계 바닥이 썩어 있을 대로 썩어 있다고 하지만 이 정도일 줄은 몰랐다.

Chapter. 04

수현이 한 이야기는 충격적이었다.

그러나 수현의 이야기를 들어 보면 그것은 이미 연예계 바닥에서 흔하고 흔한 그런 레파토리 중 하나였다.

하지만 건형처럼 연예계의 깊숙한 내막을 알지 못했던 사람이 듣는다면 누구나 충격적으로 생각할 수밖에 없는 이야기들이었다.

아직 수현은 미성년자였다.

그런데 그 수현이 친하게 지내던 한 아이돌 여자애가 상습적으로 성접대를 하고 있다고 했다.

미성년자인데도 말이다.

이유를 들어 보니 스폰서 중 몇몇은 미성년자를 유독 선호하는 스폰서들이 있다고 했다. 그리고 그 스폰서들은 데뷔를 갓 앞둔 신인 아이돌 중에서 여자 아이들을 주로 부른다고 했다.

만나는 장소는 고급 호텔.

그곳에서 밀회를 즐기고 그 대가로 금전적인 도움을 주는 것이다.

문제는 이게 비일비재하다는 것이었다.

특히 신인일수록 더욱더 심각하다고 했다.

그래서 건형은 플뢰르가 걱정이 되기도 했다.

혹시 플뢰르도 그런 비상식적인 일을 당한 건 아닐까.

하지만 플뢰르는 다행히 그런 일을 겪은 적이 없다고 했다.

플뢰르의 기존 소속사, ANK 엔터테인먼트.

ANK 엔터테인먼트의 사장 이종수가 그런 것을 탐탁지 않게 여겼다는 것이다.

그래서 유일하게 ANK 엔터테인먼트는 그런 성접대 같은 일을 당하지 않아도 되었다고 했다. 그런 탓에 ANK 엔터테인먼트가 성장하지 못했을 수도 있었다.

왜냐하면 어떻게든 뜨려면 자본이 필요한데 그 자본을 대주는 건 스폰서들이니까.

스폰서를 잡지 못하면 웬만해서는 절대 뜰 수 없는 것이다.

이 바닥에 매년 새로 데뷔하는 여자 아이돌 그룹이 수백여 명이 넘는다는 걸 생각해 볼 때 운 좋게 뜬다는 건 사실상 로또 맞을 확률보다 더 낮다고 봐야 했다.

"그 여자애는 어디 있어?"

"지금 숙소에 있다고 했어요. 조만간 실장이 데리러 올 테니 화장하고 있으라고 했대요."

"오늘이 처음인 거야?"

"네. 어떤 금융회사 사장님이 좋게 봐주셨다고……."

수현은 말끝을 흐렸다.

그렇지만 그 뒷내용은 듣지 않아도 무슨 이야기인지 충분히 짐작할 수 있었다.

건형이 얼굴을 구겼다.

지혁이 제정신이었다면 그한테서 도움을 받을 수 있었을 것이다.

하지만 지혁은 아직 제정신을 찾지 못했다.

여전히 그는 단기 기억상실증을 앓고 있는 상태.

결국 자신만의 힘으로 이 일을 해결해야 한다는 이야기
였다.

어떻게 해야 할까 고민하던 건형은 직접 몸으로 부딪쳐
보기로 했다.

완전기억능력이 주는 힘 중에서는 운동신경을 강화할 수
있는 그런 능력도 있었다.

실제로 건형은 가끔 자신의 힘을 몇 배 더 강하게 만드는
것도 가능했고 또는 엄청 멀리 내다보는 것도 할 수 있었
다.

'이 능력이라면 충분히 가능할 거야.'

여자아이 한 명 구하는 일이다.

실제로 지난번에도 해 본 적이 있었다.

건형은 마음을 가볍게 먹었다. 그리고 수현을 쳐다보며
물었다.

"그 아이 연락처 좀 알려 줄래? 한번 만나 보러 가야겠
어."

"정말요? 오빠, 고마워요."

"아니야."

건형은 세 단계로 계획을 짰다.

1단계, 우선 정보를 모은다.

2단계, 상대방한테 약점이 될 만한 정보만을 수집한다.

3단계, 문제가 생길 경우 이 정보를 사용한다. 가급적 물리적인 충돌은 없게끔 한다.

그렇게 마음의 결정을 내린 다음 건형은 수현에게 연락처를 받았다.

'엔젤돌스?'

이름을 들어 보니 바로 이 주 전에 데뷔한 따끈따끈한 신인 아이돌이었다. 고등학생들로 이루어진 청순 컨셉을 추구하는 아이돌이라는 평가까지 인터넷 사이트에서 본 기억이 남아 있었다.

"부탁할게요. 그리고 무리한 부탁해서 죄송해요."

"괜찮아. 그럴 수 있지. 오히려 이런 부탁이라면 얼마든지 환영해."

건형이 머쓱하게 웃어 보이며 대답했다.

이런 부탁이라면 얼마든지 환영이었다.

실제로 건형은 위협받는 약자를 도울 생각을 하고 있었으니까.

"오빠, 무슨 일이에요?"

"아. 별일 아니야. 급한 일이 있어서 먼저 가 볼게."

"······알았어요."

지현이 눈매를 좁히며 건형을 쳐다봤다.

분명히 무언가 숨기고 있었다.

수현이 무슨 이야기를 한 것일까.

궁금하고 또 그 때문에 걱정스럽다.

그렇지만 차마 캐물을 생각은 하지 않았다. 본인이 원할
때 알아서 말을 해 줄 거라고 생각했기 때문이다. 묵묵히
기다리는 게 더 낫다고 생각했다.

물론 서운한 건 어쩔 수 없었다. 조금 더 오래 대화를 나
누고 싶었는데 금방 또 헤어지게 생겨서였다.

괜히 수현이가 미웠다.

"나중에 연락해요. 꼭이요."

"응, 걱정하지 마. 별일 없을 거야."

건형은 환하게 웃어 보이며 자리를 떴다. 그런 다음 그는
타고 왔던 스포츠카가 아닌 택시를 타고 수현이 알려 준 곳
으로 향했다.

얼마 지나지 않아 건형이 도착한 곳은 강북에 위치해 있
는 자그마한 크기의 주상 복합 아파트였다. 이 아파트에 엔
젤돌스라는 걸그룹 멤버들이 지내고 있는 숙소가 있었다.

건형은 일단 숙소로 올라가기 전 휴대폰으로 전화를 걸었다.

신호음이 가고 얼마 지나지 않아 그녀가 전화를 받았다.

[여보세요? 수현이야?]

"안녕하세요. 수현이한테 부탁을 받은 사람이에요. 지금 숙소에 있나요?"

[아…….]

그녀가 잠시 말끝을 흐렸다.

건형이 전화를 건 것은 수현의 휴대폰이었다. 자신의 휴대폰으로 연락을 하면 분명히 문제가 될 것을 알기 때문에 일부러 수현의 휴대폰을 빌려 온 것이었다.

얼마 지나고 그녀가 입을 열었다.

[수현이한테 간략하게 이야기를 듣긴 했어요. 지난번에 지현 언니가 위험했을 때에도 도와 주셨다고요. 저도 도와 주실 수 있나요?]

"물론입니다. 어떻게 도와 드리면 될까요?"

[이런 일을 당하지 않게끔 해 주세요.]

단호한 결의가 엿보이는 말투였다.

건형은 고개를 끄덕이고선 차분한 목소리로 자신의 계획을 설명하기 시작했다.

"일단 증거를 잡아야 합니다. 그래야 그쪽이 더는 이 일을 가지고 쉽게 나설 수 없을 테니까요. 그 실장이라는 사람이 온다면 휴대폰으로 우선 녹음을 해 두세요. 그리고 그 후에 술집이 되었든 호텔이 되었든 어디든 가게 된다면 그 전에 제가 구하도록 하겠습니다. 그리고 그 녹음 파일을 가지고 법적으로 책임을 물으면 될 겁니다."

[……그러면 저 계속 아이돌 할 수 있는 건가요?]

"물론이죠. 걱정하지 않으셔도 됩니다. 정 그쪽 회사에서 압력을 가한다면 지금 수현이가 계약되어 있는 회사로 옮길 수 있게 도와 드릴 겁니다."

그 말이 결정적이었다.

마침내 그녀가 용기를 냈다.

[알겠어요. 한번 해 볼게요.]

"꼭 녹음을 하셔야 해요. 그리고 최대한 의심이 가지 않게끔 하시고요."

[예, 알겠어요.]

건형은 근처에 몸을 기댄 채 시간이 흐르길 기다렸다. 얼마 지나지 않아 휴대폰으로 메시지가 도착했다.

실장이 인근에 다 와 간다는 것이었다.

그 말이 끝나기가 무섭게 지하 주차장으로 검은색 밴이

한 대 들어섰다.

딱 봐도 엔젤돌스라는 회사의 밴이 분명해 보였다.

기다리는 사이 지하 주차장으로 예쁘장하게 생긴 여자아이가 한 명 걸어오기 시작했다. 딱 봐도 앳되어 보이는 그녀는 불안한 마음을 감추지 못한 채 주변을 두리번거리고 있었다. 건형을 찾는 듯한 모양새였다.

그렇지만 여기서 모습을 드러낼 순 없었다.

그랬다가는 일을 그르칠 수 있었다.

그녀가 밴에 타고 얼마 지나지 않아 밴이 움직이기 시작했다.

건형은 천천히 그 밴 뒤를 쫓았다. 지하 주차장을 빠져나온 밴이 도로에 들어섰을 때 건형도 가까스로 택시를 한 대 붙잡아 탈 수 있었다.

"아저씨, 저 앞에 가는 밴 좀 쫓아가 주세요."

"응?"

택시기사가 건형을 위아래로 훑어보더니 의아한 얼굴로 물었다.

"저 밴 뒤를 쫓아가 달라고?"

"예."

택시기사는 시큰둥한 얼굴로 밴 뒤를 쫓기 시작했다.

주사위는 던져진 상태.

이제 남은 건 그녀를 무사히 구해 내고 범죄 현장을 완벽하게 잡아내는 것이었다.

한참 동안 움직이던 밴이 마침내 멈춰 선 곳은 뜻밖에도 서울 근교에 있는 별장 앞이었다.

문제는 주변이 휑한 탓에 택시를 타고 그 앞까지 진입하지 못했다는 것이다. 그 대신 별장에서 한참 멀리 떨어진 곳에서 내린 다음 건형은 천천히 발걸음을 옮겨 그곳으로 접근했다.

별장 주변은 삼엄하기 이를 데 없었다.

경계가 철저하게 갖춰져 있었다.

원래대로였다면 진작에 그녀를 구해 냈어야 하는 건데 그럴 수 없던 것은 별장 주변에 깔려 있는 수많은 경호원들 때문이었다.

그 수만 해도 족히 수십여 명은 되는 것이, 과연 이 별장의 주인이 누군지 궁금해지게 만들고 있었다.

"후우, 어떻게든 들어갈 만한 곳을 찾아내야 하는데."

삼엄한 경비.

만약 여기서 방법을 찾지 못한다면 수현의 친구라던 그

여자애는 험한 꼴을 겪게 될지도 몰랐다.

최대한 빨리 진입해야 했다.

하는 수없이 건형은 그나마 취약한 곳을 노려보기로 마음먹었다. 그리고 건형이 선택한 곳은 가장 낮은 담장이었다.

담장 인근까지 돌아온 건형은 천천히 완전기억능력을 개방하기 시작했다. 신묘한 그 능력이 빛을 발하며 천천히 운동신경을 강화했다.

그러면서 강화된 운동신경을 바탕으로 건형이 한번 제자리에서 뜀박질을 해 봤다.

순식간에 건형은 제자리에서 3미터가량을 뛰어오를 수 있었다.

'이 정도면 충분해.'

완전기억능력이 갖는 힘은 어마어마했다.

이 능력으로 육체의 한계를 극복하는 것도 충분히 가능했다.

그렇게 제자리에서 뛰어오른 건형은 순식간에 별장의 담벼락을 뛰어넘었다. 그런 다음 그는 커다란 별장 별채 뒤쪽에 몸을 숨겼다.

검은색 양복을 입은 경호원들이 수시로 돌아다니고 있었

다.

　'도대체 여기는 뭐하는 곳이야? 누가 있는 곳이길래 이렇게 삼엄하지?'

　이럴 줄 알았으면 진즉에 이곳을 조사해 봤어야 했다. 상대가 누구인지 알아야 대처하는 것도 한층 더 쉬울 텐데 미리 알아보지 못한 자신의 실수였다.

　그렇지만 일이 다급하다 보니 어쩔 수 없었다.

　어쨌든 월담한 건형은 별장 본채로 향했다.

　슬그머니 몸을 숨긴 채 이리저리 경호원들을 피해 다니던 건형은 꽤 시간이 흐른 뒤에야 본채에 도착할 수 있었다.

　'시간이 너무 많이 흘렀어.'

　문제는 꽤 많은 시간이 지났다는 것.

　자칫 잘못했다가는 그녀를 구해 내지 못할지도 몰랐다.

　하는 수없이 건형은 조금 더 움직임을 빨리 했다.

　설령 걸릴지라도 일단 그녀를 구해 내는 게 최우선이었다.

　끼이익—

　살짝 열린 별장 창문을 열고 안으로 들어온 건형은 인기척부터 확인했다.

예리하게 확장된 감각으로도 딱히 별다른 것은 느껴지지 않고 있었다.

살금살금 발을 내디디며 건형은 그녀가 있을 만한 곳으로 향했다.

몇 차례 휴대폰으로 전화를 걸었지만 수신 불량인 듯 안테나가 뜨지 않고 있었다.

그렇다고 해서 여기가 무슨 산골짜기인 것도 아니었다.

의도적으로 누군가 전파 방해를 하는 것이 틀림없었다.

이 정도면 거의 완벽한 요새에 가까운 곳으로 이 별장의 주인도 대단한 거물일 게 틀림없었다.

'1층? 2층?'

고민 끝에 건형은 일단 2층부터 확인해 보기로 했다.

커다란 별장답게 방의 개수도 엄청 많았다. 일일이 확인해 보자니 시간이 오래 걸리고 있었다.

그때 인기척이 들리는 방이 하나 있었다. 건형이 슬그머니 그 방 안에 발걸음을 들여놓았다. 아까 전 지하 주차장에서 봤던 그 여자애가 있었다.

"쉿."

깜짝 놀라 비명을 지르려던 그녀 입을 막으며 건형이 말을 꺼냈다.

"수현이 알죠? 알고 있으면 고개를 두 번 끄덕여 봐요."

끄덕끄덕

건형이 재차 물었다.

"무슨 일 당했어요?"

도리도리

그제야 건형은 그녀를 놓아주며 물었다.

"어떻게 된 거예요?"

"……저를 데려온 실장님이 여기서 기다리라고 했어요. 그 사장님이 아직 안 오셨다고."

"도대체 여기 주인이 누구죠?"

"저도 방금 전에 들었는데 태원의 사장님이라고 들었어요."

태원 그룹.

건형은 혀를 찼다.

태원 그룹하면 국내에서 세 손가락 안에 드는 대기업 중 하나다.

그 그룹 사장이라면 태원 그룹 회장의 핏줄 중 한 명일 터.

건형은 고개를 설레설레 저었다.

'태원 그룹 회장은 정말 존경할 만한 분이었는데 그 아

들놈은······.'

태원 그룹 회장은 정말 존경할 만한 사람이었다.

일제강점기 당시 독립운동 자금을 지원했던 게 바로 그였다. 그 후에도 사업적인 감각을 탁월하게 발휘했던 태원 그룹 회장은 독립 이후 사업에서도 성공 가도를 달리면서 국내에서 세 손가락 안에 드는 그룹으로 키워 냈다.

자수성가라는 것은 이것이다, 라는 걸 보여 준 대표적인 인물.

그러나 태원 그룹 회장은 최근 고령으로 인해 병상에 몸져누워 있을 때가 더 많았다.

그렇다 보니 태원 그룹은 갈기갈기 쪼개져 있었고 자식들 여럿이서 태원 그룹을 어떻게 나눠 먹을지 호시탐탐 이빨을 드러내고 있는 형국이었다.

건형 입장에서는 호부 밑에 견자라는 말이 저절로 생각날 정도였다.

아버지는 그렇게 훌륭한 일을 했는데 정작 그 아들은 여기서 막 데뷔를 한 여자 아이돌한테 스폰을 받으려고 하고 있으니 말이다.

어떻게든 이 일은 사회 공론화를 시켜야 할 일이었다.

그래서 법의 심판을 받게 해야 하는데······.

솔직히 말해서 건형은 우리나라 법을 믿지 않았다.

그만큼 사법부의 신뢰도는 땅바닥을 기고 있는 형편이었다.

법보다 주먹, 아니 돈이 더 가깝다 라는 말이 괜히 나오는 게 아니었으니까.

과거에만 해도 법보다 주먹이 더 가깝다 라는 말이 많이 있었다. 국가 권력은 가까이 있지 않은 반면에 실제 폭력은 주변에서 얼마든지 찾아볼 수 있었으니 말이다.

하지만 최근 들어서 이 말은 법보다 돈이 더 가깝다 라는 말로 변질되고 있었다.

유전무죄 무전유죄!

한 영화에서 주연배우가 던진 대사다.

그런데 이게 현실로 되어 가고 있었다.

과거에는 알음알음 행해졌다면 지금은 대놓고서 말이다.

부자들의 범죄는 은닉되었고 쉬쉬하며 하나둘 잊혀져가고 있었다.

간혹가다가 그것들 중 일부가 밝혀지고 네티즌들의 집중포화를 맞으면서 처벌이 떨어진 적도 있었다.

그렇지만 솜방망이 처벌이었고 관심이 시들시들해지면 순식간에 사그라드는 경우가 잦았다.

한마디로 눈 가리고 아웅 하는 셈이었다.

어쨌든 지금은 그녀부터 안심시킬 필요가 있었다.

"민영이 맞지?"

"네, 유민영이에요. 그런데 낯이 무척 익는데…….''

건형이 멋쩍은 얼굴로 대답했다.

"그럴 수도 있겠네. 그보다 일단 여기를 빠져나가야 하는데 워낙 경비가 삼엄하더라고. 흠, 가장 좋은 방법은 아까 전에 내가 들어왔던 길로 빠져나가는 거긴 한데…….''

그때였다.

바깥에서 인기척이 들렸다.

누군가가 이 방 안으로 들어오려고 하는 모양이었다.

건형은 다급히 그녀를 데리고 베란다 쪽으로 나왔다.

그런 다음 황급히 몸을 낮춘 채 안쪽 상황을 살펴보기 시작했다.

매부리코에 탐욕스러운 인상이 가득 한 사내가 방 안으로 들어오고 있었다. 그는 신경질적인 얼굴로 들어오자마자 소리를 질렀다.

"유민영, 어디 있어? 준비는 다 끝났어?"

'누구야?'

건형이 민영을 쳐다보며 작은 목소리로 물었다.

그녀가 눈살을 찌푸리며 대답했다.

'김 실장이에요. 정말 재수 없는 사람이죠.'

'매니저?'

'아뇨. 회사에서 우리 관리하라고 내려보낸 사람인데 스폰서도 저 사람이 맨 처음 제의한 거예요.'

'회사에서 막지 않아? 스폰 받는 거 말이야.'

'아뇨. 회사에서는 뜨고 싶으면 알아서 해라 이런 반응이죠. 연습생 생활하면서 엄청 투자받거든요. 그리고 그게 다 빚이고요.'

'그거 갚으려고 스폰을 받게 하는구나.'

'연예계에서 뜨려면 스폰은 무조건 받아야 한다, 이런 말도 많아요. 이번에 섹시 컨셉으로 나와서 뜬 블러디 엔젤도 그런 경우예요. 이미 이 바닥에 소문이 파다한걸요.'

'……'

어느 정도 짐작하고 있긴 했다.

그렇지만 이렇게 만연하게 퍼져 있을 줄은 몰랐다. 그리고 고등학생 나이에 불과한 민영이 이렇게 당당하게 이야기하는 것도.

고등학생의 그 순수함을 잃어버린 것 같아서 안타까웠다.

'스폰서 받을 생각이 있니?'

'아뇨. 그럴 거면 도와 달라고 하지도 않았어요. 저는 이러려고 연습생으로 지원한 게 아니에요. 정말 노래하는 게 좋았어요.'

건형은 그녀를 보다가 자신의 능력을 끌어올렸다. 그리고 넌지시 그녀 머리를 쓰다듬으며 그 능력을 부여하기 시작했다.

천천히 그의 능력이 그녀 머릿속을 가득 채워 나갔다. 처음에만 해도 갑자기 이게 무슨 행동인가 싶어 의아해하던 민영은 머릿속이 청량해지는 느낌에 잠자코 가만히 있었다.

얼마 지나지 않아 건형이 손을 떼었다. 약간의 능력을 사용한 탓에 살짝 숨이 거칠어져 있었다.

그렇다고 해도 그녀한테 이 정도 능력은 주고 싶었다.

그녀의 마음이 전해 주는 울림 때문이었다. 그리고 그녀보다 더 어른으로서 대신 속죄하는 의미도 있었다.

한참 동안 방을 뒤적이던 김 실장은 결국 옷장을 뒤져보기 시작했다.

이러다가 베란다까지 오는 건 삽시간의 일.

건형은 민영을 끌어안았다.

민영이 깜짝 놀라서 비명을 지르려는 순간 건형이 그녀 입을 막으며 말했다.

'여기서 뛰어내릴 거야. 어차피 발각될 게 뻔하니까. 그러니까 놀라지 말고 조용히 해야 돼. 안 그러면 여기 경호원들한테 발각될 테니까.'

'네.'

민영이 얼굴을 붉히며 슬며시 고개를 끄덕였다.

건형은 훌쩍 베란다에서 뛰어내렸다. 거의 아파트 3층 높이었지만 활성화된 건형의 육체 능력 덕분에 다칠 일은 없었다.

베란다에서 뛰어내린 건형은 민영을 내려 준 다음 주변을 확인했다.

다행히 돌아다니는 경호원은 없는 상태, 이쯤에서 이곳을 일단 벗어나는 게 급선무였다.

"여기로 빠져나가자."

"네."

민영을 데리고 다시 한 번 건형은 담장을 뛰어넘었다. 천만다행으로 경호원한테 들키지 않은 채 건형은 담벼락을 넘을 수 있었다.

그가 여기까지 타고 온 택시는 아직 별장에서 조금 멀리 떨어진 곳에 주차되어 있었다. 삼십 분만 기다려 달라고 했는데 아직 그 정도 시간은 지나지 않은 모양이었다.

"이거 타고 가."

"오빠는요?"

"나는 잠깐 해결할 일이 마저 있어."

"……그냥 같이 가요."

"걱정하지 말고. 그리고 이거 수현이 휴대폰인데 전해 줄 수 있겠어?"

"물론이죠."

"계약 관련해서 문제 있으면 레브 엔터테인먼트 쪽으로 연락해. 한번 방법을 알아볼 테니까."

수현을 태운 택시가 서울 근교를 빠져나가기 시작했다.

아마도 엔젤돌스의 숙소로 돌아갈 테고 일단 일은 이렇게 마무리 지을 수 있을 것 같았다.

문제는 아직 건형은 볼일이 남아 있다는 점이었다.

'어떻게 해야 태원 그룹 사장을 옭아맬 수 있을까?'

사실 가장 큰 골칫거리는 그 점이었다.

그에게는 올바른 처벌이 필요했다.

그러나 혼자 힘으로는 그것이 불가능했다.

'역시 지혁 아저씨가 필요해.'

그러려면 가장 최적의 도움이 되어줄 수 있는 사람은 지혁이리라.

'여기서 지혁 아저씨의 기억을 강제로 되찾게 하는 게 최선의 해결책일까?'

단기 기억상실증.

그것을 없애고 원래 상태로 되돌려야만 했다.

그런 다음에 태원 그룹 사장, 나아가서는 썩어 빠진 이 나라를 개선해 볼 생각이었다.

누군가는 건형에게 물어볼 수도 있다.

왜 나서서 귀찮고 번거로운 일을 하려고 하냐고.

어차피 혼자 잘 살면 되는데 굳이 그렇게 남을 위해서 희생할 필요가 있냐고.

하지만 건형의 생각은 달랐다.

아버지의 죽음.

그것을 개죽음으로 만들고 싶지 않았다.

아버지가 원하던 세상, 그것을 자신의 손으로 이뤄 낼 것이었다.

건형은 그곳을 빠져나온 다음 지혁이 머물고 있는 별장으로 뜀박질하기 시작했다.

처음에는 천천히 달리던 건형이 점점 더 속도를 붙였고

순식간에 단거리 육상 선수 이상으로 빠르게 뛸 수 있었다.

감쪽같이 그가 자리를 떠나는 순간 별장에서는 김 실장
이 분노가 가득한 목소리로 고함을 내지르고 있었다.

Chapter. 05

기존 계획대로라면 건형은 안에 잠입해서 태원 그룹 사장을 직접 만나서 담판을 짓거나 혹은 김 실장을 끌고가서 그에게 자백을 권유했을 것이다.

　　그렇지만 그러기에는 지금 우리나라의 공권력을 믿을 수 없었다.

　　유전무죄 무전유죄가 되어 버린 세상.

　　공권력을 믿는다는 건 사실상 그들을 풀어 주겠다는 의미와도 같았다.

　　실제로 김찬욱 검사가 그렇게 좌천된 것을 본다면 그것

은 더욱더 명확해진다.

그렇다 보니 박건형이 선택한 것은 공권력을 통한 응징이 아닌 개인의 응징이었다.

그리고 그것을 하기 위해서는 지혁의 힘이 절실히 필요했다.

자신이 직접 움직인다면 지혁은 그것을 서포트해 줘야 하는 사람이었으니까.

건형이 지혁 별장에 도착한 것은 삼십여 분 정도가 지났을 무렵이었다.

별장에는 불이 켜져 있었다.

건형은 별장에 다가간 다음 문을 두드렸다.

얼마 지나지 않아 문이 열리고 지혁이 모습을 드러냈다.

"무슨 일이지?"

냉정하고 감정이 없는 목소리.

순간 서운한 감정이 들었지만 어쩔 수 없었다.

그가 단기 기억상실증에 걸려 있다는 걸 잘 알고 있었으니까.

"기억을 되찾을 방법이 있어요. 다만 위험 부담이 꽤 커요. 해 보시겠어요?"

"……왜 해야 하는 거지?"

"필요한 일이니까요. 아저씨가 기억을 빨리 되찾아야 해요."

"흠, 위험 부담이라는 게 어느 정도인거지?"

"잘못하면 뇌사가 올 수도 있고 그게 아니더라도 정신적으로 꽤 많은 충격을 입을 수도 있어요."

"그런 위험한 방법을 너는 되게 쉽게 이야기하는군. 내가 너한테 대단히 특별한 존재라고 하지 않았었나?"

"그건 맞아요. 그러나 제게 특별한 존재는 기억을 잃기 전의 형이니까요."

"지금의 나는 너한테 아무 의미도 없는 건가?"

"그건 아니에요. 그렇지만 저는 아저씨가 예전으로 돌아오길 바라고 있어요."

"무슨 의미인지는 알 거 같아. 그렇지만 그것은 내게 신중한 문제야. 사실 기억이 안 난다는 게 조금 불편하긴 하지만 그렇다고 해서 아주 문제 될 일은 아니니까."

퉁명스럽게 말하는 그 모습에 건형이 입술을 깨물었다.

그렇지만 그의 마음이 이해가 가는 것도 사실이었다.

굳이 기억을 되찾을 필요가 없다면 안 찾는 것도 하나의 방법이 될 수 있으니까.

오히려 기억을 되찾았다가 그 기억 때문에 고통스럽게

된다면?

기억을 되찾을 이유가 있을까.

사실 지금 지혁의 기억을 가장 필요로 하는 건 바로 건형 한 명뿐이었다. 그렇다고 해서 그것을 강요할 수는 없었다.

그것은 온전히 지혁의 선택에 맡겨야 할 문제.

"고민 좀 해 봐도 될까? 내 목숨이 걸린 문제잖아. 안 그래?"

"물론이죠."

지혁은 한참 동안 고민에 잠겼다. 말없이 생각에 잠긴 그를 보며 건형은 차분히 기다리기 시작했다.

여기에서 그가 싫다고 하면 어쩔 수 없는 일이었다.

아니, 그의 마음을 충분히 헤아릴 수 있었다.

목숨이 위험할 수도 있는 일이니까.

누가 섣부르게 나서려고 하겠는가.

마침내 그가 고민을 끝냈다.

그리고 차분한 목소리로 입을 열었다.

"한번 해 보자."

"예?"

"해 보자고. 왜? 하기 싫어?"

이상하게 단기 기억상실증에 걸린 이후 까다로워진 지혁

이다.

건형이 멋쩍게 웃어 보이며 말했다.

"사실 저는 거절하실 줄 알았거든요."

"원래는 거절하려고 했는데…… 궁금해서."

"네? 어떤 게요?"

"그냥 네가 궁금해서. 내 주변에 남아 있는 사람은 너 한 명뿐이니까. 네가 누군지라도 알고 싶었거든. 그런데 많이 아프냐?"

마지막에 엄살부리는 지혁을 보며 건형이 피식 미소를 흘렸다.

"괜찮아요. 안 아프게 할게요."

지혁은 안방에 있는 침대에 누웠다.

건형은 그의 머리맡에 섰다.

그런 다음 머리에 손을 가져다 댔다. 서늘한 느낌이 들었는지 지혁이 농담 어린 얼굴로 말했다.

"너 수족냉증 있냐? 병원 가서 치료받아 봐."

"괜찮아요. 그럼 시작할게요."

아직은 이론뿐이지만 건형은 자신이 생각하는 방향대로 한번 움직여 보기 시작했다.

그가 생각하는 이론은 어떻게 보면 간단했다.

자신의 머릿속에서 알아서 작동하는 이 완전기억능력.

이것을 일단 자신이 언제라도 써먹을 수 있게 꺼내 놓는다. 그런 다음 그것을 통해 지혁의 뇌세포를 자극한다.

그렇게 해서 닫혀 있는 뇌세포를 다시 회복시키는 것이다.

만약 뇌세포가 완전히 손상된 것이라면 불가능하지만 단기 기억상실증이라면 뇌세포가 일시적으로 손상이 된 것일 테고 그것을 회복시킬 수만 있다면 이론적으로는 단기 기억상실증에서 완전히 벗어나게 하는 것도 가능할 터였다.

일단 건형은 자신의 능력을 끌어올리기 시작했다.

차근차근 처음 접해 보는 영역이다 보니 낯설기 이를 데 없었다.

아무래도 그런 것이 항상 수동적으로 작동되던 능력을 이번에 처음으로 능동적으로 끌어올리고자 하는 것이었다.

필연적으로 몇 차례 시행착오가 발생할 수밖에 없었고 그렇다 보니 점점 더 얼굴이 땀범벅이 되어 가는 중이었다.

한참 뒤에야 건형은 약간의 실마리를 붙잡았다. 그리고 그는 그 실마리를 더욱더 풀어헤치기 시작했다.

그때 완전기억능력이 발휘되었다. 그동안 수많은 논문들

과 연구 결과들을 보면서 끊임없이 익히고 익혔던 뇌에 관한 공부가 이때 적용되었다. 그리고 어느 순간 건형은 완전기억능력의 실체에 접근할 수 있었다.

'이럴 수가.'

완전기억능력은 어떻게 보면 오히려 평범하게 느껴질 정도로 단순했다.

뇌세포들이 서로 나선형의 고리를 만들 듯 엮여 있었다.

그리고 그것들은 똬리를 틀 듯 서로 간에 단단히 뭉쳐 있었는데 그것을 통해 어마어마한 기억의 공유가 이루어지고 있었다.

그렇게 연결된 백사십억 개에 달하는 뇌세포는 단단하고 또 효율적으로 연결된 상태였다.

마치 겉으로 본다면 하나의 단단한 덩어리를 보는 듯했다. 워낙 효율적으로 또, 한 번의 공유가 이루어지면 그것이 사방팔방으로 퍼질 수 있게끔 삼차원적인 구조로 이루어져 있었다.

뇌세포에서 뿜어지는 푸르스름한 기운이 계속해서 머릿속을 맴돌며 모든 뇌세포를 자극시키고 있었는데 그럴 때마다 완전기억능력이 계속해서 발휘되는 중이었다.

'이게 완전기억능력의 실체구나.'

그제야 처음으로 만나 보는 완전기억능력이다.

실체조차 모르고 이 능력을 썼으니 건형은 순간 얼굴이 붉게 달아올랐다.

하지만 이제라도 능력의 실체를 알게 됐으니 남은 건 이것을 적절하게 사용하는 것이었다.

건형은 천천히 지혁의 뇌세포를 확인하기 시작했다. 그의 손길에 맞춰 천천히 푸르스름한 기운이 지혁의 머릿속으로 파고들었다.

"으, 차가워."

지혁이 살짝 놀랬을 정도로 무척 서늘한 기운은 머릿속을 천천히 뒤엎었다.

그런 다음 건형은 그 상태로 묵묵히 시간이 흐르길 기다렸다.

건형의 완전기억능력이 지혁의 뇌세포를 스스로 치유하고 있었다. 손상된 기억들을 원상 복귀시키고 있는 셈이었다.

그러는 동안 지혁은 순식간에 잠에 들었다. 그 덕분에 건형은 아무런 방해도 받지 않은 채 몰아일체에 빠져들 수 있었다.

이것은 건형에게도 엄청난 기회가 되어 줄 것이 틀림없

어 보였다. 그리도 또다시 얼마나 시간이 지났을까.

서서히 지혁이 정신을 차리기 시작했다. 그는 몽롱한 얼굴을 한 채 주변을 두리번거렸다.

"도대체 여기가…… 여기는 내 집인데."

한참 동안 멍하니 누워 있던 지혁이 몸을 일으켰다. 그러다가 자신의 뒤에 있는 건형을 발견하고서는 의아한 얼굴로 고개를 갸웃거렸다.

"건형이? 네가 여기에는 왜 있는 거냐?"

어째서 건형이 여기 있는 것인지는 알 수 없었다.

그렇지만 딱 하나 분명한 건 지금 건형을 건드려서는 안 된다는 것이었다.

건형의 몸에서는 상서로운 서기 같은 것이 뿜어지고 있었다. 그와 함께 주변의 접근을 차단하고 있었다. 이럴 때 섣부르게 건드렸다가는 위험해질 게 분명했다.

그렇다 보니 지혁은 건형이 깨어나길 기다리기 시작했다.

한참 뒤 건형도 정신을 차렸다. 지혁이 깨어 있는 모습을 본 건형이 조심스러운 목소리로 물었다.

"아저씨, 괜찮아요?"

무슨 일이 일어났는지 알 수 없는 상황이기 때문에 건형은 최대한 조심스럽게 입을 열었다.

그 말에 지혁이 짐짓 목소리를 낮게 깔며 대답했다.

"왜? 무슨 일이라도 있을 줄 알았어?"

"……기억을 못 찾은 거군요."

건형이 입술을 깨물었다.

아무래도 기억을 못 찾은 것 같았다.

어떻게 해야 할까. 혹시 부작용이 있는 건 아닐까 걱정될 때였다.

지혁이 장난스럽게 웃어 보이며 말했다.

"건형아! 반갑다! 이 자식아."

"……에?"

"네 덕분이다. 진짜 감옥 탈출하는 느낌이 뭔지 이제야 알겠다. 하하, 정말 기분 좋다."

"그게 무슨 말이에요?"

"정신 차렸다고. 기억이 돌아왔어. 아직 완벽하게 돌아온 건 아닌데 서서히 하나둘 돌아오고 있다. 아마 이삼일 뒤에는 완벽하게 되찾을 수 있을 거 같다."

"다행이에요, 아저씨!"

"내가 분명히 아저씨라고 부르지 말랬을 텐데. 거리감 느껴져서 싫다고 말이야. 형이라고 부르라고!"

"어쨌든 깨어나서 다행이에요, 아저…… 형!"

건형이 달려드는 순간 지혁이 손을 들어 그를 막아 세웠다.

"노노. 내 사전에 남자가 안기는 꼴은 못 본다. 그보다 너는 어떻게 된 거냐?"

"예? 저한테 무슨 일이 있었어요?"

"방금 전에 푸르스름한 서기 같은 것에 둘러싸여 있던데? 너 내가 일어났는데도 못 알아차렸을 정도로 무언가에 푹 빠져 있었어. 마치 건드리면 안 된다, 이런 느낌이 들길래 가만히 있었거든. 도대체 무슨 일이 있던 거냐?"

의아해하던 건형은 슬며시 자신의 몸을 확인해 봤다.

이른바 관조라고 할까.

그렇게 자신의 몸을 살펴본 건형은 뜻밖의 사실을 알게 됐다.

머릿속에만 있던 푸른색 기운들이 서서히 가슴을 타고 내려오면서 심장 아래 깊숙한 곳에 자리매김을 한 것이었다.

'도대체 이게 뭐지?'

마치 어렸을 때 읽었던 무협 소설이 생각났다.

단전이라는 곳에 내공이 자리 잡으면서 그 내공을 통해

하늘을 날고 땅을 부순다고 했던가?

그렇게 무지막지한 힘이 생긴 것 같진 않았지만 자신의 몸에서 꿈틀거리고 있는 이 거대한 힘을 느낄 수 있었다.

"이건…… 조금 더 알아봐야겠네요."

그러나 함부로 알기 전까지는 쉽게 손대서는 안 될 것 같다는 생각이 들었다.

만약 자칫 잘못해서 손을 댔다가는 무언가 크게 잘못될 수 있다는 생각에서였다.

그때 지혁이 입을 열었다.

"크읍, 이거 기억이 돌아오는 고통이 생각보다 좀 있네?"

"아마 그럴 수도 있어요. 사실 형한테 처음 시술해 본 거예요. 그래도 그렇게 걱정할 필요 없어요. 충분히 알아보고 달려든 것이기도 해요."

그랬다.

그동안 건형은 지혁을 위해 숱한 공부를 했다.

특히 그가 가장 심도 있게 매달린 학문은 뇌였다.

시간이 빌 때마다 뇌에 관해 연구했고 그가 주로 다루는 분야가 뇌라는 이야기에 학자들은 또 이 젊은 신진학자가 뇌에 관한 어떠한 논문을 낼 것인가 기대하는 분위기였었다.

물론 건형이 자신의 뇌 속에 일어난 일을 알아보기 위해서 연구하는 거였다면 다들 김이 팍 새겠지만.

그만큼 건형의 이름은 지금 학계에서 상당히 많이 알려진 상태였다.

일단 그것은 특별히 수학계에 한정되어 있긴 했는데 그렇다 보니 더욱더 주목을 받을 수밖에 없던 것이기도 했다.

불과 얼마 전 리만 함수의 가설에 관한 논문을 발표했던 이십 대의 젊은 신진학자가 뇌에 관해서 깊숙이 파고들고 있다?

당연히 이번에는 그가 어떠한 논문을 발표하게 될지 궁금해할 수밖에 없던 것이었다.

어쨌든 건형은 한 번 더 꼼꼼하게 지혁의 상태를 확인해 보기 시작했다.

생각보다 딱히 별다른 문제는 없어 보였다.

그래도 며칠 정도 여유를 두고 지켜볼 생각은 하고 있었다.

혹시 모르는 일이었으니까.

그때였다.

지혁이 말없이 건형에게 휴대폰을 내밀었다.

"응? 휴대폰은 왜요?"

"전화 받아 봐. 내 전화는 아닌 거 같고 네 전화 같다. 느낌이 그래."

뜬금없는 말에 건형은 의아한 얼굴로 휴대폰을 받았다.

계속해서 알람이 울리고 있었다.

발신번호는 없다.

도대체 누가 전화를 건 것일까.

건형은 일단 전화를 받았다. 그리고 휴대폰에 대고 입을 열었다.

"누구시죠?"

[축하하네.]

이 목소리.

낯익다.

그다.

지혁을 되돌려 보낸다고 호언장담했던, 헨리 잭슨을 믿지 말라고 했던 바로 그 사람이다.

건형이 얼굴을 굳혔다. 그의 목소리가 날카로워졌다.

"당신이군요."

[드디어 2단계로 각성했군. 사실 자네가 완전기억능력인지는 약간 의심이 가긴 했는데 이로서 확실해졌어. 진짜 완

전기억능력이 맞군.]

"당신이…… 그런 겁니까? 기억을 지운 거, 당신이 한 겁니까?"

[그렇지. 내가 갖고 있는 능력이지. 누군가의 기억을 지워 버리는 것. 너하고는 정반대, 극과 극에 위치해 있는 능력이랄까.]

건형이 입술을 깨물었다.

완전기억능력도 위험한 능력이지만 사내가 갖고 있는 능력 또한 대단히 위험한 능력이다.

범죄에 악용될 수 있기 때문이다.

[아아, 오해하지 마. 나는 그런 시시한 잡도둑이 아니니까. 내가 원하는 건 이 세상. 이 세상을 훔치는 거야. 사실 별 볼 일 없는 사람들의 기억을 지울 필요는 없지. 안 그래? 그것은 너도 마찬가지일 테니까.]

"그게 무슨 말이죠?"

그가 웃음 섞인 목소리로 말했다.

[너도 나와 같을 거라는 말이지. 마음 한구석에는 세상을 바꿔 보겠다는 그런 마음을 품고 있지 않던가? 분명히 그럴 거라고 생각하는데 말이지.]

"……."

건형이 말끝을 흐렸다.

그의 말이 맞다.

자신도 이 대한민국이라는 나라를 변화시키고 싶어 하니까.

왠지 그와 대화를 할 때면 자꾸 말리는 느낌이다.

지금 당장 전화를 끊고 싶지만 그러자니 무언가 느낌이 영 불안했다.

그가 말을 꺼냈다.

[나와 만나 보고 싶지 않나? 나는 자네를 무척 만나 보고 싶은데.]

"만나고 싶으면 직접 오든가."

건형이 퉁명스럽게 대꾸했다.

그 말에 사내가 크게 웃음을 터트렸다.

[하하, 그러고 싶지만 지금은 그럴 수 없는 상태라서 말이지. 그보다 헨리 잭슨 교수하고는 연락을 했었나?]

"왜 그게 궁금하지?"

[헨리 잭슨은 일루미나티의 일원이니까.]

건형은 헨리 잭슨 교수와 전화를 하고 난 뒤 노벨 아이젠하워가 가고 나서 일루미나티에 대해서 알아봤었다.

그러나 나오는 건 죄다 허무맹랑한 이야기들뿐이었다.

혹자는 괴상망측한 비밀 조직이라고 했고 혹자는 오래 전 사라진 단체라고 떠들어 댔었다.

건형도 헨리 잭슨 교수한테 이야기를 듣지 않았더라면 그렇게 치부하고 넘겼을 것이다.

그렇지만 헨리 잭슨 교수가 했던 이야기가 있기 때문에 조금 더 깊게 파고들어 갔고 약간이지만 실마리를 찾아낼 수 있었다.

그가 밝혀낸 일루미나티는 세상을 암중에서 장악하고 있는 조직이었다.

수많은 단체들이 이 일루미나티에 소속되어 있다고 했다. 그리고 수많은 사람들, 유명인들, 연예인들도 여기에 가담해 있다고 한다.

그야말로 방대하기 이를 데 없는 조직.

이들의 목적은 하나 "New World Order".

세상을 자신의 것으로 만들고 철저한 자본주의 사상으로 만들어 내는 것.

그렇지만 그 구성원이 어떻게 되어 있는지는 파악할 수 없었다.

하지만 지금 그가 하는 이야기를 들어보면 이 사람은 일루미나티라는 곳과 척을 지고 있는 게 분명해 보였다.

"헨리 잭슨 교수가 일루미나티의 일원이라고?"

이것은 뜻밖의 정보였다. 그런데 의아한 점도 있었다. 그가 일루미나티의 일원이라면 왜 자신에게 일루미나티를 찾아보게끔 했을까?

자신이 소속되어 있는 단체의 정보를 숨기려는 것이 당연한 일일 텐데 말이다.

[몰랐나 보군. 뭐 상관없는 일이지. 사실 헨리 잭슨보다는 그 뒤에 있는 후원자가 더 문제 있는 놈이니까.]

헨리 잭슨의 후원자라고 이야기하니 생각나는 사람이 한 명 있었다.

'설마 노벨 아이젠하워?'

건형이 혹시나 할 때 그가 입을 열었다.

[노벨 아이젠하워. 들어본 적이 있나?]

건형은 얼마 전 인천국제공항에서 자신을 찾았던 그 젊은 남자를 상기시켰다.

그가 바로 노벨 아이젠하워였다.

그자도 일루미나티의 일원이라는 것인가?

[더군다나 그는 일루미나티의 마스터 중 한 명이기도 하지. 기존 일루미나티의 마스터였던 그의 아버지가 죽었거든.]

"그것을 나한테 알려주는 이유는 뭐지?"

건형이 의아한 목소리로 물었다.

굳이 이런 정보를 자신에게 공개할 이유는 없었다.

어차피 지금 건형과 그는 유대감이 있는 것도 아니고 그렇다고 친밀한 관계는 더욱더 아니었다. 오히려 어떻게 보면 약간의 적의를 갖고 있는 상태.

지혁을 가두고 기억을 지운 게 그였으니까.

[하하, 궁금한가? 궁금하면 언제 한번 나를 찾아오라고. 기꺼운 마음으로 자네를 마주할 테니까.]

그렇지만 건형은 상대를 만나는 게 상당히 껄끄러웠다.

뭐랄까, 마치 평행선을 달리는 존재를 만나는 느낌이라 해야 할까.

아니면 거울의 앞뒤를 마주 보고 있다고 해야 할까.

가까이 다가가서는 안 된다는 그런 생각이 든 것이다.

[지금은 어렵겠지. 그러나 언젠가 우리는 만날 거야. 그리고 그날이 오길 기꺼이 기다리지.]

전화가 끊겼다.

여전히 알 수 없는 상대의 존재.

도대체 무엇을 말하는지조차 의문이다.

그가 바라는 것이 무엇인지도.

그렇지만 한 가지 중요한 것은 있었다.

언젠가 그와 만나게 되리라는 것.

그리고 그게 건형의 인생에서 가장 중요한 일 가운데 하나가 될 것이 분명해 보인다는 점이었다.

Chapter. 06

지혁이 깨어났다.

그러면서 모든 것이 정상화됐다.

물론 걱정거리는 남아 있었다.

일루미나티, 헨리 잭슨, 노벨 아이젠하워 그리고 정체불명의 사나이.

이 모든 것이 뒤죽박죽 얽혀 있었다.

그렇지만 지금 당장 손대기에는 난감한 문제들이었다.

아직 적의 실체를 모르는데다가 또 누구를 적으로 규정해야 할지도 의문이었다.

일루미나티를 무조건 적으로 단정 지을 수 있을까?

정체불명의 사내가 하는 말이 자신을 위한 말이 아니라면?

그렇다면 꼼짝없이 그에게 이용당하게 될 수도 있는 것이었다.

그렇다 보니 건형으로서는 중립을 지켜야 할 필요성이 있었다.

아직 모든 것이 불분명한 상황, 그렇다 보니 일단 상황을 면밀하게 지켜볼 필요가 있었다.

지혁도 그 점에 대해서 동의를 해 왔다.

"내 생각도 너와 같다. 여기서 네가 괜히 먼저 섣부르게 움직일 필요는 없어. 그들이 이렇게 접근해 왔다는 거 자체가 너한테 관심을 가지고 있다는 뜻이야. 일루미나티든 그 남자든. 그러니까 오히려 네가 더 주도권을 쥘 수 있다는 이야기지."

주도권을 쥘 수 있다는 이야기.

그 말이 맞았다.

지금 아쉬운 건 그들이지 건형이 아니었다.

건형은 고개를 끄덕인 후 앞으로의 계획에 대해 논의하기 시작했다.

원래 지혁이 원하던 것은 이 사회를 개혁하는 것.

그것에는 수많은 사람들의 피와 땀이 들어 있었다.

건형의 아버지도 그들 중 한 명이었다. 그러다가 뺑소니 사고로 위장한 청부살인에 희생당했지만.

건형은 아버지의 복수, 그리고 이 사회의 개혁을 둘 다 노리고 있었다.

물론 처음부터 거창하게 움직일 생각은 없었다.

원래 처음은 주변 사람들을 하나둘 돕는다는 생각에서 시작하게 된 일이었다.

그런데 그게 차츰 덩치를 불려 갔다.

이제는 단순히 주변 사람들을 돕는 것보다는 뿌리째 내린 이 사회의 불신 그리고 부정부패, 얼룩진 비리 등을 해결하고자 할 생각이었다.

"그러려면 일단 너부터 실력을 키울 필요가 있어. 어제 태원 그룹에 갔다 왔다고 했지? 그때는 운이 좋았지만 만약 경호원들한테 꼼짝없이 둘러싸였다면 그때에도 쉽게 빠져나올 수 있었을 거 같아? 게다가 그 여자애도 보호하고 있었다며."

"네."

"거기에 또 하나, 너무 쉽게 움직였어. 수현이라는 여자애가 지현이하고 같은 그룹 멤버이고 네가 지현이를 구해 준다는 것을 알고 있었다고 해도 전후사정은 파악했어야지. 그렇게 머리 좋은 녀석이 너무 감정적으로 움직였다는 거야. 만약 그 수현이라는 여자애가 거짓말을 했던 거였다면? 민영이라는 애가 너를 속이려고 한 거였으면 어떻게 하려고 그랬지?"

날카로운 지적이 계속해서 이어졌다.

그러나 건형은 아무 말도 할 수 없었다. 그의 말이 맞았다. 한 수, 두 수 아니 열 수 앞을 계산해서 행동해야 했다.

너무 섣부르게 움직인 것이 분명했다. 그리고 이것은 자신에게 약점이 될 수도 있는 일이다.

수현이 그렇게 이야기하더라도 끝까지 부정을 해야 했다. 그리고 뒤에서 민영의 일이 사실인지 아닌지 확인했어야만 했다.

오히려 수현에게 자신의 비밀을 공개해 버린 셈이 되었다.

지금 자신의 정체를 아는 사람은 없다.

아버지를 죽인 사람들, 그들이 자신을 의심하고 있을지는 모르지만 정확한 증거가 없기 때문에 섣부르게 나설 수 없는 상황이다.

그런 상황에서 자신의 정체가 드러나게 되면 그들은 본격적으로 협잡질을 해 올 것이다.

그렇게 되면 피해를 보는 건 주변 사람들이다.

그때 휴대폰으로 전화가 왔다.

발신자는 레브 엔터테인먼트의 사장 정명수.

그가 갑자기 이렇게 급하게 연락을 해 온다고?

건형이 의아한 얼굴로 전화를 받았다. 지혁도 들을 수 있게 스피커폰으로 해 둔 상태였다.

"무슨 일이시죠?"

[급한 일입니다. 지금 회사로 와줄 수 있습니까?]

"무슨 일인지부터 알려주세요. 바로 회사로 가겠습니다."

[……제가 믿을 만한 소식통에 따르면 조만간 우리 기획사에 세무조사가 실시될 수도 있다고 하는군요. 그래서 급히 와 달라고 한 겁니다.]

세무조사?

건형이 얼굴을 굳혔다.

세무조사는 정기적으로 받는 경우도 있고 불시에 받는 경우도 있다.

그렇지만 이번에 받는 세무조사는 백퍼센트 불시에 받는

것이 될 가능성이 높아 보였다. 그리고 그렇게 세무조사를 때리려고 하는 경우는 건형 때문일 확률이 높다.

그게 아니더라도 이번에 건형과 정 사장이 폴라리스 투자금융회사의 투자를 거절한 것 때문일지도 모른다.

건형이 슬며시 물었다.

"혹시 폴라리스 건 때문에 그런 건가요?"

[아마도 그럴 가능성이 높아 보이죠. 폴라리스는 정부 고위 관계자들하고 끈이 닿아 있다고 하지 않았습니까? 그들이 뒤에서 수작을 부렸을 가능성이 높아 보입니다.]

"일단 조금 더 알아봐야겠습니다. 곧 회사로 가죠."

건형은 전화를 끊은 다음 지혁을 쳐다보며 그동안 있었던 일을 설명했다.

아이젠하워 가문의 수장 노벨 아이젠하워가 한국에 방문했던 일, 폴라리스 투자금융회사에서 레브 엔터테인먼트에 투자를 제의해 왔지만 그것을 거절한 일, 회사 경영권을 빼앗으려고 하는 게 아니냐며 의심하던 정명수 사장과 타협을 본 일 등.

지혁이 의식불명 상태로 있던 동안 벌어졌던 일들을 하나둘 차근차근 설명하기 시작하면서 어느덧 시간은 한 시간을 훌쩍 넘긴 상태였다.

천천히 건형이 해 주는 이야기를 듣던 지혁이 고개를 끄덕인 후 빠르게 데이터 검색을 시작했다.

꽤 오랜 시간 기억이 없던 상태로 지냈음에도 불구하고 지혁의 실력은 여전했다. 순식간에 폴라리스 투자금융회사에 대한 대략적인 정보를 알아낸 지혁이 눈살을 찌푸렸다.

"좋은 소식과 나쁜 소식이 있다. 뭐부터 들을래?"

"음, 매도 먼저 맞는 게 낫다고 나쁜 소식부터 들어 볼게요."

"나쁜 소식은 말이야. 이곳에서 레브 엔터테인먼트에 관해서 꽤 깊게 조사했다는 거다. 네가 지현이하고 사귀는 것도 알고 있을지 몰라. 만약 그렇다면 지현이 이미지 타격도 만만치 않을 거야. 아이돌이 연애를 하고 있다는 것은 여러모로 팬들에게 썩 좋은 소재거리는 아니니까."

지혁의 말이 맞다.

아이돌은 연애를 하게 되면 그때부터 팬들의 마음이 멀어지게 된다.

지현 같은 경우 이제 갓 떠오르기 시작한 신인 아이돌이다. 이번에 솔로 앨범은 폭풍적인 인기를 구가하며 벌써 한 달 이상 모든 사이트에서 음원 1위를 차지하고 있었다.

그 때문에 그녀를 섭외하고자 하는 움직임은 엄청 많았

다. 숱한 프로그램들에서 그녀를 섭외하고자 했고 지현도 틈틈이 예능 프로그램에 얼굴을 비추곤 했다.

그런 이유로 건형도 지현과 만날 시간이 점점 줄어들고 있던 게 사실이었다.

건형 입장에서야 지현을 오래 보고 싶지만 노래를 부르는 건 지현이 정말 좋아하는 일이고 또 그것을 막으면서까지 데이트를 즐기고 싶다는 생각은 없어서였다.

그만큼 그녀의 삶을 존중하고 싶다고 해야 할까.

일단 이 부분은 지현과 논의를 해 봐야 할 것 같았다.

아무것도 준비 안 한 채 당하는 것보다는 미리 준비를 해 둔 상황에서 겪는 게 더 나은 일이 될 테니 말이다.

"나쁜 소식은 그거 하나뿐이에요?"

"또 하나 더 있어."

"하나 더 있다고요?"

건형이 얼굴을 구겼다.

나쁜 소식이 많다는 건 그만큼 좋지 않은 일이니까.

"폴라리스 투자금융회사라고 했지? 그곳 뒷배가 누군지 알아냈어."

"진짜요?"

이런 것들은 철저하게 점조직으로 이루어진다.

나중에 꼬리가 밟히더라도 그 몸통을 찾아낼 수 없게끔 철저하게 점조직으로 운영되는 것이다.

　　그런 상황에서도 그 몸통을 잡아냈다는 건 지혁의 실력이 그만큼 뛰어나다는 것을 의미한다.

　　건형도 몇 주 정도 그의 테크닉을 배우게 된다면 충분히 그를 따라하는 게 어느 정도 가능할 수는 있다. 하지만 본능적인 감각과 센스 같은 것은 쉽게 배울 수 없다.

　　그것은 오랜 경험이 쌓여서 그것이 농축되어 있기 때문에 배울 수 없는 것이라고 할 수 있다.

　　"정재계에도 파벌은 많이 갈려 있어. 개중에서 가장 강한 힘을 가지고 있는 집단이 하나 있지. 창한회라는 곳이 있는데 그곳의 우두머리가 강해찬 국회의원이라는 이야기가 있어. 아마도 폴라리스는 이쪽에서 뒤를 대주고 있는 집단이 아닐까 생각해."

　　강해찬 국회의원.

　　6선 의원이자 여당의 실세로 원내부총무이기도 하다.

　　그야말로 막후에서 사실상 대한민국 국회를 좌지우지하는 인물 중 하나인데 이자가 배후에 있다면 그만큼 폴라리스를 건드리는 것이 까다롭다고 봐야 했다.

　　괜히 섣부르게 달려들었다가는 도리어 역폭풍을 맞을 게

뻔한 일이니 말이다.

신중하게 접근하는 것이 필요했다.

"강해찬 국회의원을 의심하는 이유가 하나 더 있어."

"그게 뭐죠?"

"성철 형님의 흉수, 그 뒤에 있는 게 강해찬 국회의원일지도 모르기 때문이야."

"……그게 정말이에요?"

아버지의 흉수.

실제로 지혁은 그것을 알아보고자 미국까지 갔었다.

그가 기억을 완전히 되찾고 안정될 때까지는 기다리려고 했는데 더는 참을 수 없었다. 확실하게 짚고 넘어가야 했다. 애꿎은 사람을 잡을 수는 없으니까.

"저는 확실한 정보가 필요해요. 일단 미국에는 왜 가신 거죠?"

"우리는 오래전에 없어졌어. 아니, 없어졌다기보다는 스스로 문을 걸어 잠갔다고 해야겠지. 성철 형님이 죽고 그 후에도 여럿이 죽었어. 하나같이 말이 안 되는 사고들이었지. 뺑소니 사고도 있었고 집에 화재가 난 경우도 있었고 자살도 있었어. 그렇게 하나둘 비명횡사하면서 다들 숨을 죽이기 시작했어. 그리고 서로를 의심했지. 그때 우리는 철저하게 신뢰를 바탕으로 움직이고 있었는데 그게 깨진 셈이니까."

"그래서 문을 닫을 수밖에 없던 거군요."

"맞아. 다들 생명의 위험을 느끼기도 했어. 나처럼 일가친척이 없는 사람이라면 모를까 대부분 처자식이 있었고 그들도 지켜야 했지. 우리의 목적이 이 사회를 바로잡는 것이긴 했지만 그렇다고 해서 가정보다 더 우선순위에 두고 있는 것은 아니었으니까. 그런 점에서 성철 형님은 조금 특이한 분이셨지. 자기 자식에게 썩어 빠진 세상은 보여 주고 싶지 않다고 하셨으니까 말이야."

아버지라면 충분히 그럴 만하다.

원래 아버지는 경찰이었고 정의감에 불타던 분이셨으니까.

그런 분이 벌건 대낮에 뻔히 벌어지는 부정부패를 알게 됐는데 가만히 두고 보실 리가 없었다.

어떻게든 그것을 응징하고 싶었을 테고 그 결과는 뺑소니 사고로 이어졌을 뿐이다.

그래서일까.

더욱더 궁금해지는 게 있었다.

그렇게 정보를 긁어모으는 것은 좋다.

그것을 가지고 궁극적으로 무엇을 하려고 했는지.

그게 가장 궁금했다.

"우리는 이 정보들을 꾸준히 모은 다음 향후 선거 때 이를 이용하려고 했어. 대한민국은 민주주의 사회야. 만약 폭력으로 일어선다면 그것은 민주주의 사회가 아니라는 반증이니까. 국민의 힘은 선거에서 비롯되는 거였고. 그래서 선거로 이를 뒤집고자 했어."

"그런데 문제가 생겼군요."

"여당이나 야당이나 서로 똑같았거든. 정말 나라를 걱정하는 사람은 소수에 불과했어. 그렇지만 그 소수를 가지고 이 나라를 끌고 간다는 건 정말 어려운 일이지. 애초에 말이 안 되는 이야기고."

"그렇겠죠. 그래서 내린 결론이 뭐죠?"

"그렇다면 그들을 하나하나 교화시키기로 마음먹었지. 우리가 당신들이 숨기고자 하는 것을 알고 있으니까 지금부터라도 마음을 고쳐먹어라."

"그들이 그렇게 해 줄 것이라고 믿었던 건가요?"

"믿진 않았어. 만약 그 후에도 계속 부정부패를 저지른다면 그때는 모든 것을 인터넷에 공개할 생각이었지. 인터넷은 한 번 올라가면 급속도로 퍼져 나가는 그런 공간이니까. 효과적이라고 판단했거든."

"그들은 따르지 않았겠군요."

지혁이 고개를 끄덕였다.

인간은 이성이 있지만 감정적인 동물이다.

자신에게 피해가 갈 것이라고 생각한다면 어떻게든 그 피해를 없애고자 한다.

그래서 서슴지 않고 어떤 행위든 저지르게 된다.

"그때부터였어. 우리를 향해 감시망이 좁혀 들어오기 시작한 것은. 처음에만 해도 의기 넘치는 마음으로 시작한 일이었는데 이렇게 꼬일 줄은 아무도 몰랐을 거야."

"그렇겠죠. 그것은 저도 이해해요."

"그러다가 성철 형님이 처음으로 뺑소니 사고를 당하시고 난 다음 우리는 대책회의를 해야만 했어. 이 일을 계속 진행해야 할지 아니면 중간에 멈춰야 할지."

아버지의 죽음이 가져다 준 것은 공포였다.

두려움.

경찰도 쉽게 죽이는 사람들인데 다른 사람들은 오죽 했을까.

여전히 대한민국은 법보다 주먹이 더 가까운 나라였고 법은 실질적으로 지켜지지 않는 경우가 잦았다.

"그래서 대부분의 사람들은 미국으로 이민을 떠났어. 그들 모두 고급 인재들이었기 때문에 미국에서는 흔쾌히 그들을 받아들였지."

"그랬군요. 그러면 미국으로 간 것은……."

"그래. 그때 폐기하려다가 숨겨 뒀던 데이터베이스, 그것을 가져오기 위해서였어. 거기에 성철 형님의 죽음과 관련이 있는 단서들이 있지도 모른다고 생각했었으니까."

"실제로 그것은 찾은 건가요?"

"아니. 찾진 못했어. 그러나 한 가지 중요한 단서를 포착해냈지."

"그게 뭐죠?"

건형이 의아한 얼굴로 물었다.

지혁은 침착한 목소리로 대답했다.

"우리 동료였던 사람들 중 한 명이 나한테 해 준 이야기가 있었어. 어느 날 누가 대학교로 찾아와서 자신을 회유하려 했다고 말이야. 정체를 이미 알고 있었다는 이야기지."

"그래서 회유에 넘어가셨다고 하던가요?"

"아니, 거절했다고 했어. 그리고 은밀하게 그 사람의 뒤를 밟았다고 했지."

"그래서 밝혀냈다던가요?"

"아까 좋은 소식이 하나 있다고 했지. 그게 바로 이거다. 성철 형님을 죽인 흉수가 누군지 찾아낸 거지. 그렇게 뒤를 밟다가 찾아낸 사람이 국회의원 강해찬이라고 하더구나. 그때에도 그는 사선 국회의원으로 엄청난 권력을 행사하고 있었지. 여당의 실세 그 자체였으니까."

"그러면 그때 형한테 진작에 알려주면 되는 일이 아니었 던가요?"

지혁이 고개를 설레설레 저었다.

"그러기에는 너무 위험부담이 컸어. 나도 노출될 것을 각오해야 했고 그도 사고를 당할 부담이 있었으니까."

"어쨌든 그분은 그것을 알려주는 대신 도피를 선택한 것 이군요."

"굳이 따지고 본다면 그렇게 볼 수 있지. 그렇지만 그 사 람을 원망하지 마. 그때에 우리는 모두 어쩔 수 없었어. 정 보와 지식은 가지고 있지만 힘과 권력은 손에 쥐고 있지 못 했으니까. 반면에 그들은 권력과 재물, 두 가지 모두를 가 지고 있었고."

그들의 입장을 이해하지 못하는 것은 아니었다.

더 큰 권력 앞에 무릎을 꿇을 수밖에 없는 것은 어쩔 수 없는 인간의 본성일 수도 있다.

그렇지만 한 가지 아쉬운 점이 있다면 자신감 넘치게 시작했음에도 불구하고 그 이후를 제대로 마무리하지 못했다는 것이다.

 오히려 뿔뿔이 흩어졌던 점.

 그만큼 구심점이 부족했던 것은 아닐까.

 점조직으로 운영됐으니 그럴 만했다.

 "나는 끝까지 남아 있고자 했어. 이 일을 제일 먼저 시작한 건 나였으니까."

 "지혁 형은 왜 이 일을 시작하게 된 거죠?"

 "가족을 잃었는데 힘이 없어서 아무것도 할 수 없었으니까."

 건형은 그 순간 입술을 깨물었다.

 지금 그가 하는 말이 무슨 의미인지 안다.

 가족을 잃었는데 아무것도 할 수 없는 그때의 그 무력감.

 만약 아버지가 뺑소니 사고를 당하기 전으로 돌아갈 수 있다면 자신은 그것을 바로잡을 수 있을까

 지금은 충분히 가능할 것이다.

 자신에게는 힘이, 돈이 있으니까.

 "그래서 그날 맹세했지. 어떻게든 갚아 주겠다고. 그래서 가장 잘하던 컴퓨터를 집중적으로 배웠던 거야. 해킹을

할 수 있으면 그 사람들의 정보를 캐내기 가장 용이할 거라고 생각했거든."

그제야 건형은 지혁에 대해서 조금 더 자세하게 알 수 있었다.

그가 무슨 생각을 하는지 또 왜 자신을 도와주고 있는 것인지.

동병상련이라고 해야 할까.

지혁은 가족을 잃었고 자신은 아버지를 잃었다.

그 때문에 지혁은 필사적으로 자신을 돕고자 했던 것이리라.

"어쨌든 중요한 건 그게 아니야. 강해찬 국회의원, 그가 뒤에 있다면 정말 어려울 수밖에 없을 거야. 지금 정계에서 가장 영향력이 많은 사람을 꼽는다면 그가 1순위인 데다가 그는 재계하고도 폭넓게 지내고 있어. 누구든 그의 환심을 사려고 하고 있지. 그런 상황에서 우리는 쉽게 접근하기 어려울 거야."

"그렇겠죠? 형 말이 맞아요. 섣부르게 접근했다가는 오히려 우리가 더 큰일이 날 수도 있을 테니까요."

"그렇지. 일단은 조심스럽게 접근해 보자. 최대한 주의 깊게 말이야."

"예, 형. 그럼 폴라리스 쪽 일은 어떻게 할까요? 일단 정 사장을 만나러 가야 할 거 같은데."

"정 사장 입장에서도 참 곤혹스러울 거야. 세무조사는 어떤 곳이든 두려워할 수밖에 없거든. 털어서 먼지 한 톨 안 나오는 곳은 없을 테니까. 더군다나 너도 지금쯤이면 경계 대상에 올랐을 거야. 성철 형님의 아들인 데다가 자꾸 자신의 일에 훼방을 놓고 있다고 생각할 테니까. 몸조심하고. 정 사장이 정말 믿을 만한 사람이면 네가 이야기해 주는 것도 나쁘지 않아. 그러나 그것은 아무리 생각해 봐도 조금 위험해 보이고 적당히 둘러대는 게 편할 거야. 레브 엔터테인먼트에 문제가 없는지는 내가 직접 확인해 볼 테니까."

지혁의 말에는 건형을 생각하는 마음이 듬뿍 담겨 있었다.

건형은 지혁이 돌아왔다는 것이 이렇게 반가울 줄 미처 몰랐었다.

"형, 고마워요."

"임마. 그런 눈빛은 나 말고 네 애인한테나 해 줘. 가뜩이나 요새 만날 시간도 없다면서?"

"하하, 그건 그렇긴 하죠. 알았어요. 혹시 폴라리스나 강해찬 의원에 대해서 더 알아내게 되면 연락 좀 주세요. 저도 계속 주시하고 있을게요."

"그래, 조심해서 올라가라."

그런데 생각해 보니 스포츠카는 플뢰르 숙소가 있는 곳 근처에 주차해 두고 여기까지 온 상태.

아무래도 택시를 불러서 서울로 올라가야 할 것 같았다.

어제 하루 동안 플뢰르 숙소에 갔다가 엔젤돌스 숙소를 갔다가 서울 근교에 있는 태원 그룹 사장의 별장까지 들렀다가.

그야말로 몸이 열 개여도 부족한 상황이었다.

일단 건형은 택시를 불러서 다시 서울로 향했다.

먼저 레브 엔터테인먼트에 들러서 정 사장과 이번 일에 관해서 이야기를 나눌 필요성이 있어 보였다.

정 사장은 초조한 얼굴로 사장실에 앉아서 건형이 오기를 기다리고 있었다.

레브 엔터테인먼트를 설립한 이후 이렇게 세무조사를 불시에 받는 건 처음 있는 일이었다.

누가 봐도 폴라리스 투자금융회사의 투자를 거절했기 때문에 그 이후 발생한 보복성 세무조사라는 게 뻔히 보일 정도였다.

물론 그동안 정 사장은 다른 곳에 비해서 탈세나 혹은 그 밖에 세금 관련해서는 의혹이 없게끔 최대한 주의 깊게 처신해 왔었다.

원칙을 가장 중요시 여기는 게 바로 그였으니까.

하지만 막상 세무조사를 한다고 하니 불안한 마음이 드는 것은 어쩔 수 없었다.

제아무리 공부 잘하고 숙제 잘해 오는 모범생이라고 하더라도 막상 선생님이 불시에 숙제 검사를 한다고 하면 무서워하는 것과 똑같은 것이다.

그렇게 정 사장이 불안해하고 있을 때 드디어 건형이 강남구 청담동에 있는 레브 엔터테인먼트 빌딩 앞에 도착했다.

건형은 곧장 사장실로 올라와서 정 사장을 만났다.

"제가 조금 늦었습니다. 아는 사람을 만나고 오느냐고."

"아는 사람? 그게 누구죠?"

"이쪽 관련 일을 도와주실 분입니다. 그분께는 따로 이야기를 드렸으니 걱정하지 않으셔도 됩니다. 그나저나 제가 오는 동안 뭔가 더 알아낸 거라도 있습니까?"

"국세청에서는 최근 들어 연예기획사 쪽에서 소속사 연

예인과 합심하고 세금을 내지 않는 행위가 늘어났다면서
연예기획사 몇 군데를 무작정으로 뽑은 거라고 하더군요.
혹시 모를 의혹을 철저하게 조사하고 넘어갈 필요성이 있
다면서 말입니다. 그러나 그들 말이 전부 다 거짓말인 건
뻔한 이야기입니다. 애초에 작정하고 타겟을 잡은 게 분명
합니다."

"……그건 충분히 그럴 만하군요."

건형이 고개를 끄덕였다.

불시에 한다는 것은 대부분 이미 타겟을 잡아 놓고 후통
보하는 것과 하등 다를 바 없는 이야기다.

폴라리스가 여기에 얽혀 있는 게 분명했다. 그 뒤를 봐주
는 것은 강해찬 국회의원일 테고 그렇다면 이번 세무조사
는 만만하게 넘어갈 리가 없었다.

모든 서류를 철두철미하게 조사할 게 분명하고 개중에서
약간이라도 꼬투리를 잡아낼 게 있다면 그것을 가지고 물
고 늘어질 게 분명했다.

"제가 한번 관련 서류들을 확인해 봐도 될까요?"

"박 이사님이 말입니까? 그 자료만 해도 엄청 많습니다.
그것을 전부 다 확인해 보시겠다고요? 혼자서 하신다면 족
히 몇 달 이상 걸릴 텐데요."

레브 엔터테인먼트가 설립되고 그동안 쌓인 양은 어마어 마하다.

혼자서 그 모든 것을 정리한다는 건 사실상 불가능한 일에 가깝다.

완전기억능력이 있지만 건형으로서도 어려운 일이다.

그러나 지혁을 치유시키면서 건형은 깨달음을 얻었다. 그리고 이 완전기억능력을 더욱더 다양한 방법으로 사용할 수 있다는 것도 알게 됐다.

개중 하나는 마치 마음을 두 개로 나누는 식으로도 사용할 수 있다는 것이었다.

흔히 무협 소설에 '양의심공' 이라는 이름으로 등장하는 것인데 이것을 자신도 써먹을 수 있다는 것을 깨닫게 됐다.

일단 건형은 정 사장에게 관련 서류들을 모두 모아 달라고 부탁했다. 그런 다음 자신에게 배정되어 있는 커다란 사무실에 그 서류들을 모두 몽땅 넣어 뒀다.

어마어마한 양이 차곡차곡 쌓이기 시작했다.

회사 직원들 모두 그런 건형을 쳐다보며 고개를 갸우뚱했다.

도대체 혼자서 이 많은 양을 어떻게 다 처리하려고 그러는지 이해할 수 없다는 분위기였다.

국내에서 가장 큰 세무서에 맡겨도 수십여 일은 걸릴 만한 분량인데 말이다.

그렇지만 건형은 자신만만했다.

그는 차곡차곡 쌓인 관련 서류들을 한번 훑어본 다음 그것들을 계속해서 확인하기 시작했다.

틀린 부분이 없는지 누락된 것은 없는지 모든 것을 다 꼼꼼하게 조사하기 시작한 것이다.

그와 함께 완전기억능력을 스스로 이끌어 냈다.

기존에는 수동적으로만 움직이던 완전기억능력을 능동적으로 움직이는 한편 마음을 두 개로 나눴다.

왼쪽 눈과 오른쪽 눈, 두 개의 눈에 각기 다른 마음이 연결됐다.

그와 함께 건형은 빠른 속도로 서류 작업을 하기 시작했다.

서너 시간이 지났다.

그동안 건형이 있는 방 안은 고요하기 이를 데 없었다.

정 사장은 건형이 제 풀에 지쳐 잠들었다고 생각하며 한숨을 길게 내쉬었다. 건형을 만나면서 레브 엔터테인먼트가 업계 수위를 다툴 만큼 성장하긴 했지만 한편으로는 그만큼 위험 부담이 커진 게 사실이었다.

스타플러스 엔터테인먼트와의 대립, 박광호 실장의 추락 및 스타플러스 엔터테인먼트의 몰락 그 이후 찾아온 중흥기 그러나 곧 이은 세무조사 그리고 폴라리스라는 정체를 알 수 없는 투자금융회사의 접근.

이 모든 것들이 불과 몇 달 안에 일어난 일들이었다.

순식간에 휙휙 지나가는 일 때문에 실제로 정 사장은 최근 들어 급격하게 스트레스를 받고 있었다.

"정말 골치 아프네. 골치 아파. 차라리 그냥 중소 기획사로 있었을 때가 더 나았던 거 같기도 하고. 이왕 이렇게 된 거 경영권이고 뭐고 다 때려 치고 그냥 대주주로 남는 게 나을까나."

실제로 그런 생각을 하게 될 정도로 정 사장의 머릿속은 복잡했다.

불과 며칠 전 건형과 경영권에 관해 다투기도 했지만 이미 그것은 머릿속에서 싹 지워진 상태였다.

특히 세무조사를 받게 된 지금 머릿속은 그야말로 백지 자체.

앞이 캄캄했으니까.

그동안 세무조사를 받았던 기업들이 어떻게 되었는지 잘 알고 있었다. 대부분 문을 닫거나 아니면 꽤 오랜 시간 회복 불가능한 타격을 입어야만 했다.

그만큼 세무조사가 가져오는 이미지 하락은 뼈아픈 것이었다.

이미 기사도 나기 시작했다. 몇몇 기사들은 악랄하게 레브 엔터테인먼트를 비꼬고 있었는데 그들 반응은 레브 엔터테인먼트가 회사의 성장을 위해 기본적인 의무를 저버렸다, 라는 그런 것들이었다.

정명수는 얼굴을 구겼다.

자신이 평생 가꿔 온 회사가 이런 취급을 받는 게 원통하고 분하기 이를 데 없었다.

똑똑─

분한 마음을 감춘 채 그는 건형이 있는 사무실 문을 두어 번 두드렸다.

그런데 안에서 도통 말이 없었다.

'도대체 뭘 하길래……'

어떻게 할까 망설이던 정명수는 살며시 문을 열고 안으로 들어갔다. 그리고 그 안에서 건형이 순식간에 각종 서류들을 확인하고 또 그것을 검토하는 모습을 보면서 눈을 휘둥그레졌다.

방 안을 가득 메웠던 서류 뭉치 중 벌써 3/10에서 4/10

가량을 모두 해결한 상태였다.

믿기지 않는 속도.

이 정도면 못해도 닷새 정도면 모든 서류 검토가 끝날 것으로 보이고 있었다.

그때 인기척을 느낀 건형이 제정신으로 돌아왔다.

완전기억능력을 거둬 들인 건형은 바로 문 앞에 있는 정 사장을 쳐다보며 물었다.

"무슨 일이 있으신가요?"

"아, 아니. 방금 전 도대체 뭐하신 겁니까?"

정 사장은 믿을 수 없다는 얼굴로 건형을 쳐다봤다.

방금 전 모습은 무슨 외계인을 보는 것 같았다.

그 정도로 건형이 보여 준 모습은 충격적이었다.

순식간에 서류 뭉치들을 하나둘 파악해 나가면서 모든 것을 꼼꼼히 따져 보고 있었다.

혹시 하는 마음에 그가 물었다.

"전년도 우리 회사의 영업 실적을 봤습니까?"

"아, 예. 물론이죠. 생각보다 실적이 썩 좋지 않더군요. 아무래도 스타플러스 엔터테인먼트가 그 당시 닥치는 대로 공격을 퍼부었을 테니 그럴 만하긴 합니다만."

"그렇다면 전년도 1/4분기 우리 회사……."

그 뒤로도 정명수는 이런저런 것들을 물어보기 시작했다.

그렇지만 건형은 막힘이 없었다. 무슨 몇십 년 레브 엔터테인먼트 직속 세무사로 일해 온 사람인 것처럼 술술 대답하고 있었다.

"놀랍군요."

"놀라실 거 없습니다. 어쨌든 이 일은 제가 책임지고 할테니까 정 사장님은 추가적으로 발생할 문제가 없는지 확인해 주셨으면 합니다. 아무래도 그쪽은 정 사장님의 인맥으로 가능할 거 같으니까요."

"알겠습니다. 그렇게 하겠습니다. 추가적으로 더 필요하신 게 있으시면 언제든지 말씀해 주십시오. 바로 준비하겠습니다."

"그렇게 할게요."

그 이후로도 건형은 계속해서 서류 작업에 매달렸다. 그리고 그는 생각보다 레브 엔터테인먼트가 건실할 뿐 아니라 그동안 정명수 사장이 착실하게 살아왔다는 것도 알 수 있었다.

아무리 봐도 국세청에서 딱히 건수를 잡을 만한 것은 없어 보였다.

그래도 모든 건 완벽하게 해 두는 게 나을 듯했다.

그렇기 때문에 건형은 몇몇 누락된 것이나 맞지 않게 된 부분들을 하나하나 뜯어고쳐나갔다.

그렇게 사흘째 건형은 마침내 세무 서류 관련 작업을 모두 마무리 지을 수 있었다.

그동안 건형은 쉬지도 못한 채 일을 해야 했다.

그리고 그로부터 불과 며칠 되지 않아 국세청에서 나온 공무원들이 레브 엔터테인먼트를 방문했다.

그들은 불시에 점검을 나온 것이라고 하면서 협조를 요청해 왔다.

정명수는 그 말에 묵묵히 고개를 끄덕여 보였다. 그 모습에 오히려 당황한 것은 국세청 직원들이었다.

보통 이럴 경우 대부분의 사람들은 결사코 자신들의 세무 관련 자료들을 내주려고 하지 않는다. 그도 그럴 것이 털어서 안 나오는 집은 없고 그렇다 보니 최대한 자신의 비밀을 감추고자 하기 때문이다.

그런데 레브 엔터테인먼트의 대책은 정반대였다. 숨길 게 없다는 것일까? 개미 발자국 하나라도 샅샅이 찾아낼 텐데?

이들도 정보통은 있을 테고 며칠 전에 첩보를 입수하긴

했을 터.

그러나 고작 며칠이다.

그 며칠 만에 방대한 양의 세무 관련 서류들을 전부 다 정리한다는 건 불가능에 가깝다. 아니, 불가능하다고 봐야 한다.

그렇다 보니 국세청 공무원들도 당황한 얼굴로 공무집행에 나설 수밖에 없었다.

어쨌든 그들은 레브 엔터테인먼트의 협조에 맞춰서 필요한 것들을 몽땅 가져갔다.

그리고 일주일 넘게 세무조사가 이루어졌다.

그동안 정 사장은 긴장을 늦추지 못하고 그 결과만을 기다리고 있었다.

한편 국세청 공무원들은 혀를 내둘렀다.

그들 모두 베테랑들로 약간의 흠집이라도 찾아낼 수 있는 매의 눈을 가지고 있건만 찾아낼 수 있는 것은 아무것도 없었다.

완전 백지.

그야말로 청렴결백이 무엇인지 보여 주는 곳이었다.

"도대체 어떻게 관리를 해 온 거야?"

"말도 안 돼. 이게 가능하다고? 한 자리 숫자마저 모두 완벽한데? 이걸 어떻게 트집 잡으라는 거야?"

"하하, 대단하군. 대단해. 세무사를 수천 명 동원이라도 했나? 며칠 만에 이렇게 할 수가 있다고?"

그러나 그들도 눈이 있고 귀가 있다.

레브 엔터테인먼트가 세무사들을 만나고 다니면서 그들에게 도움을 요청했다면 오히려 일이 잘 풀렸을 것이다.

그만큼 뒤가 켕기는 곳이 있다는 의미가 될 테니까.

하지만 그런 움직임이 전혀 없다 보니 도리어 불안했는데 그게 현실로 나타났다.

강해찬 국회의원은 국세청장을 만나고 있었다.

올해 쉰둘의 국세청장은 강해찬을 보며 몸을 파르르 떨고 있었다.

국세청, 우리나라 기업들이 가장 무서워하는 곳.

그곳의 청장이라면 나는 새도 떨어트릴 수 있을 만큼 대단한 권력을 쥐고 있다고 봐야 한다.

그렇지만 강해찬 앞에 서면 누구든 작아진다.

강해찬이 가지고 있는 권력은 그야말로 무소불위 그 자체이기 때문이다.

대한민국에서 강해찬 만큼 권력과 직접적으로 맞닿아 있

는 인물은 몇 없다고 봐야 할 만큼 그는 대한민국을 쥐고 흔드는 몇 안 되는 실권자다.

"그래, 일이 잘 안 되었다고?"

"예. 아무래도 일이 많이 꼬여 버렸습니다. 일주일 동안 레브 엔터테인먼트만 파고들게 했는데 건진 게 없답니다. 누가 손을 쓴 건지는 모르겠지만 한 자리 숫자마저 완벽하게 해 뒀다더군요."

"정석으로 안 된다면 꼼수라도 써야지. 그쯤 되면 말을 하지 않아도 알아서 해 줘야 할 거 아닌가? 응?"

"하하, 의원님. 그게 세상이 예전 같지 않습니다. 괜히 없던 일로 꼬투리를 잡게 되면 저희 입장도 무척 난처해집니다. 건수가 있어야 물고 늘어지던가 할 거 아닙니까? 사정 좀 봐주십시오."

"후."

강해찬이 얼굴을 구겼다.

폴라리스를 시켜서 레브 엔터테인먼트에 손을 뻗게 한 것은 강해찬의 지시였다.

강해찬은 자신이 쥐고 있는 권력을 더욱더 공고히 하고 싶었다.

그러려면 장악해야 하는 게 세 가지가 있었다.

하나는 의회, 하나는 언론, 하나는 미디어.

이렇게 세 가지다.

의회는 그의 권력이 나오는 곳이다.

그리고 그는 십몇 년 동안 권력을 확실하게 쥐고 있는 상태다. 원내부총무로 있으면서 막후에서 권력을 휘둘러왔다. 그는 일부러 자신의 모습을 감춰 왔다. 겉으로 드러날수록 정적에게 쉽게 공격받을 수 있기 때문이다.

권력이라는 것은 대단히 치명적이라서 누구라도 손에 넣고 싶어 한다. 그리고 그것이 외부에 잘못 노출된다면 걷잡을 수 없는 피바람이 몰아칠 수밖에 없다.

언론은 사람의 생각을 뒤바꿀 수 있는 중요한 힘이다.

그야말로 언론이 갖는 힘은 막강하다.

인터넷의 발달로 인해 이 힘은 더욱더 강해지고 있다.

몇몇 사람들은 인터넷이 발달하면서 더욱더 다양한 정보를 받아들일 수 있게 되고 그로 인해서 언론이 갖는 힘이 약해진 것이 아니냐고 하지만 오히려 그 반대다.

비판 없이 대량의 정보를 받아들이게 되면서 그것에 무감각해졌다. 그러면서 한 번 맹신하게 되면 그 언론에 휘둘릴 수밖에 없게 된다.

그렇기 때문에 언론을 손에 넣고 있으면 그것으로 정국

의 향방을 크게 뒤집는 것이 가능해진다.

마지막으로 미디어.

미디어는 언론과 비슷하다.

그러나 여기서 말하는 미디어는 대중이다.

대중을 쥐고 흔드는 것.

그것을 가능하게 하는 것이 바로 미디어에 자주 노출되는 연예인들이다.

그들이 입고 나오는 옷이 며칠 뒤 인터넷에서 완판되고 그들의 스타일이 삽시간에 유행이 되며 그들의 말, 행동이 이슈가 된다.

이것들을 통해 대중을 통제할 수 있게 되는데 이게 바로 미디어가 갖는 힘이다.

언론과 비슷하면서도 약간은 다른 성질.

강해찬은 이렇게 세 가지를 중요한 요소로 봤다. 그리고 세 가지 모두를 가지고 있을 때 자신의 권력이 공고해진다고 생각했다.

실제로 그는 의회를 지배하고 있었고 언론도 장악한 상태였다. 언론은 어떻게 보면 손쉬웠다. 언론에 가장 막강한 영향력을 행사하는 건 바로 광고주다.

언론에 광고를 내는 수많은 대기업들, 그들이 없으면 언론은 돌아갈 수 없게 된다. 언론이 유지되는 것은 그 광고주들이 매달 지불하는 막대한 비용 때문이니까.

그런데 마지막 미디어에서 문제가 생겼다.

원래 강해찬이 힘을 실어 주고 있던 곳은 스타플러스 엔터테인먼트였다. 스타플러스 엔터테인먼트를 쥐고 흔들면서 그 소속 연예인들을 자신의 힘으로 써먹곤 했다.

그런데 그 스타플러스 엔터테인먼트가 내부에서 터져 버렸다. 그리고 그저 그런 중소 기획사 중 하나로 전락해 버렸다.

그러면서 대체자를 찾을 필요성이 생겼고 그래서 선택한 것이 레브 엔터테인먼트였다. 스타플러스 엔터테인먼트를 몰락시켰으면서 최근 가장 무서운 성장세를 보이고 있는 곳이었다.

그래서 폴라리스 투자금융회사를 가지고 넌지시 찔러봤는데 단칼에 그 제의를 거절당한 것이었다.

그 때문에 국세청을 통해 세무조사까지 하려고 했던 셈이다.

하지만 탈탈 털어도 먼지 한 톨 나오고 있질 않다 보니 더 이상 건드릴 방법이 없었다.

"하는 수 없지. 일단 지켜보는 수밖에."

강해찬은 얼굴을 구겼다. 여태 수많은 일들을 한 치의 오차도 없이 진행해 왔는데 최근 들어 그것들이 기묘하게 어긋나고 있었다.

게다가 레브 엔터테인먼트의 대주주 중 한 명인 박건형이라는 놈.

이놈이 자꾸 신경이 쓰이고 있었다.

이놈의 아버지가 그때 자신의 뒤를 밟았던 박성철이라는 경찰이었다고 확인했을 때 얼마나 당황했던가.

그렇지만 그때 박성철처럼 처리할 방법이 마땅치 않았다. 그러기에는 이미 너무 커져 버렸기 때문이다.

들어 보니 미국에서는 마이더스의 손, 갓핸드라고 불릴 정도로 주식 투자의 귀재라고 했다. 월스트리트에서 그를 탐낼 정도로 수익률이 어마어마하다고 하던가.

반면에 국내에서도 퀴즈의 신이라고 불리면서 방송 활동도 활발하게 하는 중이었다. 그렇다 보니 남들 눈을 피해서 처리해 버리기에는 이미 어려운 상태였고 결국 내부에서 흔들어야 했다.

그렇다 보니 더욱더 레브 엔터테인먼트를 장악할 필요가 있었는데 그게 물거품이 되어 버린 셈이었다.

강해찬은 고급 일식집을 빠져나왔다. 비서진이 열어 주

는 고급 세단에 올라탄 강해찬은 다시 국회의사당으로 발걸음을 돌렸다.

비서실장이 그런 강해찬을 보며 조심스럽게 물었다.

"일이 잘 안 되셨습니까?"

"그렇게 됐군. 이번 국세청장은 무능하기 이를 데 없어. 아무래도 일 처리를 제대로 안 하고 있는 게 눈에 보일 정도야."

"의원님이 만족스러워할 사람이 몇 명이나 되겠습니까? 걱정하지 않으셔도 됩니다. 잘 풀릴 겁니다."

"그랬으면 좋겠군. 국회로 가지. 의회 일을 마저 처리해야겠구먼."

"예. 폴라리스 쪽에는 어떻게 말해 둘까요?"

"일단 하던 일은 잠시 멈추라고 하게. 조금 더 상황을 지켜봐야겠어. 섣부르게 움직였다가는 도리어 역공을 당할 수도 있을 테니까 말이야."

"알겠습니다, 의원님. 그렇게 전해 두겠습니다."

한편 국세청 세무조사가 무혐의로 끝이 나고 레브 엔터테인먼트에서는 조촐하게 파티가 열렸다. 무사히 일을 해결했다는 성취감에서였다.

세무조사에서 별다른 문제가 발견되지 않았다는 말에 가장 기꺼워한 것은 정 사장이었다.

그전까지만 해도 잔뜩 걱정하고 있던 정 사장은 국세청에서 별다른 문제점을 찾아내지 못했다는 말에 안도의 한숨을 내쉴 수 있었다.

그러면서 새삼스럽게 알게 된 것은 건형의 숨겨진 면모였다.

머리가 좋다는 건 알고 있었지만 그 방대한 양의 세무 관련 서류들을 불과 며칠 만에 해결하리라고는 생각지도 못했던 것이었다.

그야말로 언빌리버블!

만약 그가 사무실에서 보여 준 모습이 세상에 알려진다면 너도나도 할 것 없이 그를 세무사로 데려가려고 하지 않을까 싶을 정도로 건형이 해낸 건 그야말로 기적 그 자체였다.

조촐한 파티가 이어지는 가운데 정명수가 박건형을 사장실에서 따로 만났다.

"박 이사님 덕분에 살았습니다."

"아닙니다. 해야 할 일을 했을 뿐입니다. 제가 사장님 다음 가는 대주주라는 것을 모르십니까?"

"하하, 그거야 알고 있지만. 정말 믿을 수가 없어서 말입니다. 어떻게 그 많은 양을 그렇게 짧은 시간에 다 볼 수 있는지 이해가 가질 않더군요."

"그것은 제 재산이라서 말해드릴 수가 없군요. 어쨌든 모든 문제가 일단락되었으니 당분간 걱정을 덜으셔도 될 거 같습니다."

"예. 폴라리스 쪽에서도 연락이 더는 없더군요. 아무래도 윗선에서 그들을 멈추게 한 모양입니다."

"그럴 테죠. 그들 차례가 끝났으니 이제 우리에게 턴이 넘어온 상황이니까요. 그냥 조용히 폭풍이 지나가길 기다리시는 게 나을 겁니다."

"제가 더 도와 드릴 일은 없겠습니까? 정말 그동안 제가 너무 속 좁게 행동한 거 같아 송구스러울 뿐입니다."

"아닙니다. 누구나 할 수 있는 걱정거리라고 생각합니다. 다시 한 번 말씀드리지만 저는 레브 엔터테인먼트의 경영권에는 관심이 없습니다. 회사를 경영하는 일은 제게 맞질 않습니다. 나중에 한 번쯤 회사를 경영할 수도 있겠지만 지금 당장 할 일은 아니라서요. 시간도 없고."

"예?"

"아, 곧 여름방학이 끝나면 대학교 2학기가 개강하니까요."

아직 졸업하려면 일 년 반이 더 남아 있었다.

사실 졸업하지 않아도 그만이지만 그래도 어머니가 원하시는 게 졸업장이다 보니 졸업은 해야겠다고 마음을 먹은 뒤였다.

이미 준비는 다 끝낸 상황.

그제야 정 사장이 머쓱하게 웃어 보이며 말했다.

"하하, 그리고 보니까 박 이사님 곧 2학기를 다니셔야 하는군요. 저는 박 이사님이 제 또래라고 생각했지 뭡니까?"

"정말요?"

"그럴 만하지 않습니까? 박 이사님이 말하는 거 보면 최소 삼십은 넘은 거 같습니다. 약간 애늙은이라고 해야 하나……"

건형은 그때 약간 충격을 받았다. 자신이 애늙은이라니.

그리고 보니 완전기억능력을 얻은 뒤 지나치게 성숙해진 감이 없지 않아 있었다.

그가 지금 꺼낸 이야기를 다른 사람들도 그와 비슷하게 생각하고 있을지도 몰랐다.

자신이 보여 준 모습은 이십대 초반이라고 하기에는 대

단히 이질적이었으니까.

누가 봐도 의심을 살 수밖에 없다.

"그렇군요. 음, 아무래도 그런 의심을 살 수밖에 없겠군요."

"회사 사무실 직원들 몇몇도 말은 안 했지 그렇게 생각할 겁니다."

여태 완전기억능력이 좋은 점만 있다고 생각했는데 막상 이야기를 들어 보니 그렇지만은 않은 모양이었다.

"후우."

저절로 한숨이 깊어지고 있었다.

'그래도 완전기억능력이 내게 가져다 준 것을 생각해 보면…… 이 정도 페널티쯤은 뭐.'

건형은 어깨를 으쓱거렸다.

그래도 지금 생각해 보면 완전기억능력이 그에게 가져다 준 혜택이 더 컸다.

완전기억능력이 없었다면?

지금도 부지런히 아르바이트를 다니면서 어떻게 해서 학비를 마련해야 할지 고민하고 있었을 테니까.

Chapter. 07

길다면 길고 짧았다면 짧은 여름방학이 끝났다.

2학기가 시작됐다.

건형의 2학년 2학기.

오랜만에 만난 지현은 건형이 다시 대학교를 다녀야 한다는 말에 볼을 부풀렸다.

가뜩이나 만나기 어려운 사이.

건형이 대학교를 다니게 되면 만나는 건 더욱더 어려워질 게 분명했다.

"그냥 휴학하면 안 돼요?"

"안 돼. 졸업은 무조건 해야 하거든."

"어……머님 때문에 그렇죠?"

볼을 발갛게 물들이며 말하는 그 모습에 저절로 미소가 지어졌다.

그러나 애교는 애교고 이건 이거다.

여기서는 물러날 수 없었다.

"응. 무조건 졸업장은 따오라고 하셨거든. 그래도 이 년이면 되잖아."

"칫, 너무해요. 그러면 그만큼 오빠 만날 시간도 줄어든다는 거잖아요!"

"너도 바쁘잖아. 들어 보니까 중국하고 일본 등에서 러브콜이 끊이질 않는다면서? 거기에 미국 쪽에서도 너를 관심 있게 보고 있다던데 말이야. 이러다가 슈퍼스타 되는 거 아니야?"

"그게 무슨 상관이에요. 저는 그런 거 필요 없어요. 그냥 노래만 부를 수 있으면 충분해요. 인기나 돈 이런 건 이제 개의치 않아요."

"너도 그렇고 나도 그렇고 둘 다 말투가 너무 어른스럽다고 생각하지 않아? 하하, 우리 둘 다 겉늙었나보다."

"그런가요? 히잉, 지난번에 누가 저보고 왜 이렇게 속이 깊냐고 묻긴 했는데…….."

"그거 애늙은이라고 돌려 깐 걸지도 몰라."

말이 과했던 모양이다. 옆구리를 제대로 꼬집혔다.

건형이 눈물 콧물 다 빼고 있을 때 지현이 슬그머니 얼굴을 들이밀었다.

"오빠, 대학교 가서 다른 여자한테 한눈팔면 안 돼요. 무슨 말인지 알죠?"

으르렁거리는 게 무슨 고양이를 보는 듯했다.

다분히 협박성 짙은 멘트인데 건형 입장에서는 한없이 사랑스럽게 느껴졌다.

만약 여기가 인적이 드문 곳이었다면 바로 끌어안았을 것이다.

그렇지만 지금은 자제해야만 했다. 한산한 카페이긴 해도 군데군데 사람들이 있긴 있었으니까.

"하하, 걱정하지 마. 누가 날 꼬신다고 그래. 나 그렇게 매력 없어."

"으휴, 끝나면 바로 연락해요. 알았죠?"

"응, 알았어. 그러면 있다가 보자."

"네……."

여전히 목소리가 풀이 죽은 걸 보니 내심 섭섭한 모양이다.

그래도 어쩔 수 없었다.

졸업하기로 어머니와 약속했는데 그 약속 하나는 지켜야 하지 않겠는가.

특히 아버지는 돌아가시기 전에 사내가 한 번 저지른 일은 끝까지 책임을 져야 한다고 했다.

대학교 입학을 했으니 졸업까지 끝을 보는 것은 당연한 일.

카페를 나온 뒤 건형은 눌러쓴 모자를 벗어서 가방에 넣어 둔 다음 학교로 향했다.

두 달 만에 돌아온 학교는 슬슬 가을 옷을 입어 가고 있었다. 여전히 날은 무더웠지만 그래도 바람은 제법 서늘했다.

이번에 건형이 수강을 신청한 과목은 전공과목을 제외하면 인문학, 철학과 관련이 있는 것들이었다.

뇌에 관해서 연구하면서 점점 더 사고가 확장됐고 철학을 배워 두는 것도 나쁘지 않겠다는 생각이 들어서였다.

"내가 조금 빨리 왔나?"

건형은 머리를 긁적였다. 아무래도 자신이 제일 먼저 온 듯했다.

강의실 안은 조용했다.

건형은 두리번거리다가 중간쯤 되는 곳에 자리를 잡고 앉았다.

그런 다음 휴대폰을 켰다.

지금 그가 쓰고 있는 휴대폰은 특수한 재질의 휴대폰으로 지혁이 특별하게 손을 봐준 것이었다. 통신사도 해외 서버를 이용하고 있었고 이중삼중으로 철저하게 보안을 갖춰 두기도 했다.

지혁 말로는 웬만한 사람들은 쉽게 뚫을 수 없다고 하니까 안심을 해도 될 것 같았다.

그렇게 휴대폰을 만지작거리면서 놀고 있을 때 강의실에 사람들이 하나둘 차기 시작했다.

건형은 고개를 숙인 채 휴대폰에 집중하고 있다 보니 그를 알아보는 사람은 없었다.

그렇게 시간이 흘러서 강의 시간이 됐을 무렵이었다.

교수님이 강의실 안으로 들어왔다.

사십대 초반의 여자 교수님으로 그녀가 가르칠 것은 '현대와 철학의 만남'이었다.

서양철학과 동양철학을 현대적인 측면에서 다룬 것으로 생각해 볼 만한 여지가 충분한 그런 주제의 강의였다.

실제로 강의 평가도 나쁘지 않은 편이었고 그녀 역시 철학계에서 각광받고 있는 신진 인사 중 한 명이기도 했다.

간단하게 자기소개를 한 뒤 그녀는 출석부를 부르기 시작했다. 요즘 대학교는 출석이 강화돼서 출석이 펑크가 나면 학점에서도 참패를 면하기 어려운 게 사실이었다.

그렇게 출석 체크가 이어지고 건형 차례가 됐다.

"박……건형?"

교수님이 건형 이름을 부르고 건형이 손을 들어 올렸다.

그녀가 안경을 고쳐 쓰며 건형을 쳐다봤다.

이미 학교에서 건형은 유명 인사가 되어 있었다.

세계적으로 유명한 학술지인 크렐레 저널에 논문을 제출했고 리만 가설을 증명하면서 세계적으로 인정받게 됐다.

아무래도 교수 입장에서는 그런 건형이 부담스러울 수밖에 없다.

게다가 최근에는 수학하고는 전혀 관련이 없는 뇌 관련 분야를 연구한다는데 언제 인문학이나 철학 쪽으로 발걸음을 틀지 알 수 없는 일이었다.

실제 지금 그가 수강을 신청한 강의도 철학이었고.

강의를 맡은 신연수 교수는 박건형을 흥미로운 얼굴로 쳐다보며 물었다.

"제가 알고 있는 그 박건형 씨가 맞습니까?"

"아마 퀴즈 프로그램에 출연 중인 그 박건형을 묻는 거라면 맞습니다."

"그렇군요. 대단히 흥미로워요. 한번 보고 싶었는데 제 강의를 수강 신청해 줘서 정말 고맙네요."

"아닙니다. 저도 많은 것을 배워 갔으면 하는 바람입니다."

"혹시 가능하면 왜 이 강의를 수강 신청했는지 알 수 있을까요?"

건형은 차분한 목소리로, 그러나 그녀가 생각할 때 불쾌하지 않게끔 예의 바른 목소리로 대답했다.

"철학은 모든 학문의 뿌리라고 생각합니다. 이번에 뇌 관련 학문을 공부하면서 그것을 깨달았습니다. 그래서 철학을 배워 보고 싶은 생각이 들었고 그래서 수강을 신청하게 됐습니다."

"철학이 모든 학문의 뿌리라…… 좋은 생각이에요. 앞으로 기대해 보겠어요."

신연수 교수가 미소를 지어 보이며 말했고 그 말에 강의실에 가득 차있던 학생들은 웅성거리며 건형을 은근슬쩍 곁눈질했다.

아무래도 호기심이 일 수밖에 없었다.

텔레비전에 자주 나오는 준연예인이고 퀴즈의 신이라고 불리는데다가 크렐레 저널에 리만 가설을 증명하는 논문을 발표했으니까. 또한 그가 연예 기획사 레브 엔터테인먼트의 대주주라는 소문까지 돌고 있었다.

그러니 그의 이름이 유명세를 타지 않을 수가 없다.

스물네 살의 대학생이 불과 반년 만에 이뤄 낸 성과였으니까.

그래서 헨리 잭슨 교수가 크렐레 저널에 자신의 이름으로 리만 가설을 증명한 논문을 발표한다고 했을 때 그렇게 반대했던 거였다.

하지만 헨리 잭슨 교수는 그것을 강행했고 결국 이렇게 유명세를 치를 수밖에 없게 됐다.

어쨌든 이미 이렇게 된 거 그냥 즐길 수밖에 없을 듯 해 보였다.

'휴, 골치 아프네. 골치 아파.'

건형은 머리를 긁적였다.

유명세라는 것이 그렇게 좋은 것만은 아니었다.

누구는 이 유명세를 그렇게 반긴다고 하지만 아무래도 건형 입장에서는 영 부담스러웠기 때문이다.

'그래도 이게 나한테는 오히려 호재로 작용할 수도 있어. 텔레비전에 그렇게 얼굴을 내놓고 다니는 연예인이 밤중에 홍길동처럼 악덕 기업인이나 정치인들을 단죄한다면 그것만큼 모순되는 일도 없을 테니까. 요즘 세상에 누가 자신의 몸을 내던져서 그렇게 위험한 일을 하려 할까.'

그랬다.

점점 더 세상이 각박해져가는 건지 모르겠지만 의협심 넘치는 사람이 줄어들고 있었다.

심지어는 도로 한복판에서 교통사고가 일어나도 손을 내밀지 않는 사람이 많다고 들었다.

중국에서의 일이 아니라 한국에서 버젓이 일어나는 현실이다.

그렇다고 해서 그들을 탓할 수도 없었다.

그들 입장에서는 충분히 그럴 수 있는 일이었다.

왜냐하면 그렇게 도움을 준다고 해도 돌아오는 건 오히려 피해밖에 없으니까.

괜히 섣부르게 도와줬다가 인생이 꼬이는 사람이 여럿 생기면서 최근 사회적으로는 타인을 도와주는 걸 꺼려하는 분위기가 형성되고 있었다.

그나마 양심 있는 사람들도 기껏해야 경찰서에 연락하는

정도?

사회 전체에 한파가 이는 듯한 느낌이 강하게 들 때가 한 두 번이 아니었다.

첫 날에는 대부분 강의를 안 하지만 신연수 교수님은 예외인 듯했다.

그녀는 처음부터 빡세게 강의를 시작했다.

학생들 모두 군말 없이 그녀의 강의를 들으며 꼼꼼히 메모를 하거나 혹은 자신만의 생각을 정리해서 노트에 기록하곤 했다.

묵묵히 강의를 듣고 있는 건 건형만이 유일했다.

완전기억능력이 쉬지 않고 돌아가고 있기 때문에 받아적는다는 것은 건형에게는 무의미한 일이었다.

여태까지 그녀가 한 말을 토씨 하나 틀리지 않고 그대로 이야기하는 것도 가능했으니까.

하지만 중요한 것은 그것을 얼마나 이해하고 또 습득하며 그 이상으로 발전시킬 수 있는지 그게 중요한 것이었다.

그렇게 강의가 끝나고 잠깐 휴식 시간이 주어졌을 때였다.

건형 주변에 몇몇 사람들이 몰려들었다.

여기서 특이점을 몇 가지 찾아볼 수 있었다.

첫 번째는 대부분 여성들이라는 것.

두 번째는 그들 모두 표정이 무척 상기되어 있다는 것.

세 번째는 건형에게 호감을 드러내고 있다는 것이었다.

건형은 쓴웃음을 지었다. 왜 지현이 그렇게 경계를 했던 것인지 알 것 같았다.

그렇다고 해서 건형이 그들에게 눈길을 줄 이유는 없었다.

그녀들이 드러내고 있는 호감이 이성으로서의 호감이 아닐 수도 있는 것이고.

"저……."

그때 한 명이 용기를 내서 입을 열었다.

"강의 끝나고 같이 밥 먹어도 돼요?"

"네? 저요?"

"네! 친하게 지내고 싶어요."

"……하하, 뭐 그렇게 하죠."

어차피 같이 밥 먹을 사람도 없었기 때문에 건형은 흔쾌히 수락했다.

밥 먹는 것 정도로 지현이 속이 좁은 건 아니었다.

그 이상으로 친해진다면 그때는 단단히 각오해야 할지도 모르겠지만.

그 이후에도 신연수 교수의 강의는 계속 이어졌다.

첫 시간에 배운 것은 철학 개론과 함께 철학의 흐름이었다.

철학이 어떠한 형태로 이어졌고 어떻게 발전해 왔는지 그런 것들을 다루고 있었다.

대단히 유익하고 재미있는 내용들이었지만 대부분은 꾸벅꾸벅 졸고 있었다.

아무래도 아침잠을 설쳤던 모양이었다.

그렇게 강의가 끝나고 건형은 일단의 여성들과 함께 학교 안에 있는 학생 식당으로 발걸음을 옮겼다.

건형은 틈틈이 대화를 나누며 그녀들이 갖고 있는 고민들이 전부 다 취업하고 연결되어 있다는 것을 알 수 있었다.

취업.

지금 대학생이 갖고 있는 가장 큰 고민.

어떻게 보면 대학교를 졸업해도 가지고 있는 가장 무거운 주제라고 할 수 있다.

건형 같은 경우는 이미 벌어 둔 돈도 많았고 또, 레브 엔터테인먼트의 대주주이자 여러 대학교에서 모시려고 하는 귀한 인재이다 보니 그런 걱정이 없었지만 다른 대학생들은 다를 수밖에 없었다.

점점 더 취업하기에 그 문은 좁아지고 있는데 지원자는 날이 갈수록 늘어지는 추세였고 고학력자도 그만큼 많아지고 있었으니까.

그렇다 보니 취업하는 것이 지금은 하늘의 별따기만큼 어려워지고 말았다.

건형도 완전기억능력을 가지기 전으로 돌아가 그녀들과 공감대를 쌓아 갈 수 있었다.

그렇게 학생 식당에 도착한 건형은 다른 학생들의 이목을 단숨에 사로잡을 수밖에 없었다. 여자 대여섯 명과 같이 몰려왔으니 말이다. 그리고 누가 봐도 그 사이에 흐르는 분위기는 그냥 학과 선후배나 친구가 아니라 그 이상으로 짐작되고 있었기 때문이다.

그때 학생 식당 한편에는 실내인데도 선글라스를 끼고 모자를 푹 눌러쓴 여자가 한 명 있었다.

그녀는 주의 깊게 건형을 지켜보고 있는 중이었다.

그래서일까.

학생 식당에 들어온 다음 건형은 약간씩 서슬 퍼런 느낌을 받고 있었다.

마치 누군가 자신을 노려보고 있다는 느낌?

그래서 주변을 두리번거리고 있었는데 좀처럼 눈에 띄는 얼굴을 볼 수는 없었다.

그때였다.

휴대폰에 문자가 도착했다. 확인해 보니 지현이었다.

[오빠, 어디예요?]

갑자기 이 시간에 도착한 지현 문자.

건형은 아무 의심 없이 답장을 작성해서 보냈다.

[아, 지금 밥 먹으려고. 학생 식당에 있어. 너는 어디야?]

[저도 밥 좀 먹으려고요. 배고파 죽겠어요. 혼자 있어요? 오빠하고 같이 먹고 싶다.]

건형은 순간 움찔했다.

지금 상황을 설명한다면 지현이 어떻게 반응할까.

분명 기분이 좋진 않을 터.

그래도 솔직하게 대답하는 것이 후환이 비교적 덜할 게 분명했다.

어차피 이렇게 밥 먹는 것이 또 사진에 찍히고 SNS에 올라올 수도 있으니까.

[같이 강의 듣는 사람들하고 밥 먹으러 왔어.]

[그 같이 강의 듣는 사람들이 전부 다 여자인 건 아니겠

죠?]

　찔끔.

　건형은 순간 움찔했다. 마치 지현이가 근처에서 보는 것
같은 기분이 들었다.

　혹시 자신을 감시하고 있는 건 아닌가?

　그런 두려움이 뭉클뭉클 피어올랐다.

　건형이 멋쩍은 얼굴로 휴대폰으로 메시지를 마저 찍어
보냈다.

　[그러니까 그게 말이야.]

　그때 같이 밥 먹으러 온 사람들이 무엇을 먹을 건지 물어
오기 시작했고 건형이 먼저 나서서 카드로 결제를 했다.

　그런 다음 음식이 나오길 기다리는 사이 또다시 문자가
도착했다.

　[밥 맛있겠네요. 오빠. 저는 혼자 먹어야 하는데 오빠는
여자들한테 둘러싸여서 먹네요.]

　[여기 근처에 있어?]

　[이제야 물어봐요? 쳇, 계속 눈치를 줬는데 너무 하는 거
아니에요? 어떻게 그렇게 여자들한테 둘러싸여서 먹을 수
있어요? 아까 전 카페에서 그렇게 이야기했는데…….]

　[아니, 그런 사이 아니라니까. 그냥 오늘 처음 만난 사람

들이고 같이 밥 먹자고 해서 온 거 뿐이야.]

그렇게 문자를 주고받을 무렵 건형을 빤히 쳐다보던, 맞은편에 앉은 사람이 불쑥 입을 열었다.

"여자친구이신가 봐요?"

"네?"

"문자하는 내내 얼굴에 웃음꽃이 피어 있길래요. 여자친구 분하고 문자하는 거 아닌가요?"

"아, 네. 여자친구 맞아요."

"……그렇게 쿨 하게 인정하실 줄은 몰랐네요. 원래 연예인들은 대부분 연애 사실은 숨기는 편이잖아요."

"저는 연예인이 아니잖아요. 연예인이라기보다는 준연예인인데요 뭘."

"그래도요. 여자친구 분은 무척 좋겠네요. 딱 봐도 사랑받는다는 느낌이 물씬 들 거 같아요."

건형이 삐질 식은땀을 흘렸다.

지금 그녀가 생각하는 건 단단히 잘못된 오해였다.

서로 간에 오고가는 건 달콤한 밀어가 아니라 어째서 낯선 여자들하고 함께 밥을 먹느냐는 호된 질책이 담겨 있었으니까.

"하하, 그런가요?"

"네. 누군지 모르겠지만 저는 빨리 기권하겠어요. 그 대신 선후배로 지낼 수는 있죠? 같은 학과는 아니어도요."

건형이 고개를 끄덕여 보였다.

선후배로 지내고 싶다는데 그것을 거부할 생각은 없었다.

그렇게 대화를 주고받은 무렵 문자가 줄지어 도착했다.

[앞에 여자하고 무슨 이야기하는 거예요!]

[그렇게 웃지 말라고요!]

[웃다가 정든다는 말이 괜히 있는 게 아니거든요?]

건형은 문득 지현이 귀엽다는 생각이 들었다.

실제로 나이 차이도 네 살이 나는데다가 그녀 하는 행동이 영락없이 사랑에 눈 먼 아직은 어린 십대 소녀를 보는 것 같아서였다.

[별일 아니야. 그냥 학과 선후배 하자고. 내가 여자친구가 있다고 했더니 자기는 빠르게 기권하겠대.]

[……정말이에요?]

그녀 목소리가 약간 누그러진 것 같았다.

건형은 그제야 안심할 수 있었다.

어쨌든 점심을 먹는 둥 마는 둥 하던 건형은 양해를 구하고서는 먼저 자리에서 일어났다. 그리고 학생 식당을 꼼꼼히 둘러보기 시작했다.

그러나 지현은 어디에도 없었다.

"어디야?"

건형이 전화를 걸었다.

퉁명스러운 목소리가 들렸다.

[밖이죠.]

"우리 학교 온 거 아니었어?"

[몰라요.]

"커피라도 마시고 가. 여기서 계속 기다렸을 거 아니야. 간단하게 브런치로 해서 먹자. 응?"

[……오빠, 바쁘잖아요.]

"설마 내가 너보다 더 바쁠까 봐? 그러지 말고 먹고 가. 그냥 보내면 내 마음이 편하지 않을 거 같아."

건형이 계속해서 이야기한 덕분일까.

지현이 마음을 돌렸다.

[알았어요. 근처로 갈게요.]

그리고 불과 몇 분이 채 지나기도 전에 누군가 건형을 바짝 끌어안았다.

순간이지만 건형이 얼굴을 새빨갛게 붉혔다. 주변에는 여전히 꽤 많은 사람들이 건형을 보며 수군거리고 있었다.

그 와중에 건형보다 훨씬 왜소해 보이는 딱 봐도 여자애로 짐작되는 사람이 끌어안았으니 다들 놀랄 수밖에 없었다.

"지현이야?"

"네."

낮게 가라앉은 목소리.

건형이 붉어진 얼굴로 말했다.

"너무 충동적으로 한 거 아니야? 이거 다 사진 찍히고 있을지도 몰라."

"저번에 그 아저씨한테 부탁해서 지금 찍히는 사진들 다 내려 달라고 하면 안 돼요?"

"그게 가능할까?"

"몰라요. 이미 저질러 버린 거 어떻게 하라고요."

문득 준성 생각이 났다.

자신을 씹어 먹으려고 안달이 났을지도 모른다.

그러고 보니 다들 잘 지내고 있을지도 궁금했다.

생각해 보니 최근 이래저래 바쁜 터라 연락도 제대로 못 하고 있었다. 간혹가다가 통화는 근근이 했지만 몇 차례 있던 모임을 죄다 불참했으니 다들 화가 났을 게 분명했다.

언제 한번 고등학교 동창 모임도 가 봐야겠다고 생각하며 건형은 일단 지현을 떼어 냈다. 그리고 멀찌감치 떨어져서 걷는 대신 그녀 손을 잡았다.

이번에 놀란 건 지현이었다.

지현이 당황한 얼굴로 건형을 쳐다보며 물었다.

"오빠, 괜찮겠어요?"

"그럼. 너랑 나하고 사귀는 게 무슨 벌 받을 일은 아니
잖아. 청춘남녀가 서로 눈 맞고 좋으면 사귈 수도 있는 거
지."

"……."

지현이 양 볼을 발그레 물들였다.

어쩌면 지현은 내심 이런 대답을 기다리고 있었던 것일
지도 몰랐다.

그동안 건형이 지현에게 폐를 끼칠 수 있다는 생각에 그
것을 꾹꾹 눌러 뒀던 것일 수도 있다. 그것이 지현이 원하
는 바가 아니다, 라는 것을 아는데도 불구하고서 말이다.

지현이 입을 열었다.

"고마워요."

두 사람은 학교 근처에 있는 카페로 향했다. 지현이 앉아
있는 사이 건형은 배고플 지현을 위해 간단한 브런치를 주
문했다. 그리고 커피도 두 잔 함께 시켰다.

카페 테이블로 돌아오자 지현이 의아한 얼굴로 물었다.

"오빠, 아까 전에 그렇게 한 거 괜찮은 거겠죠?"

"왜? 걱정돼?"

"네. 아무래도 팬들은 제가 연애를 하는 걸 싫어할 테니까요. 더군다나 회사에서도 뭐라고 할 거 같고요."

"하하, 잊었어? 우리 회사 대주주가 누구였더라?"

"아, 그러고 보니까 우리 회사 대주주가 오빠죠?"

"그래. 대주주이면서 사실상 공동대표나 다름없다고. 걱정하지 않아도 돼. 정 사장이 뭐라고 하진 못할 테니까. 만약에 뭐라고 하면 그때는 내가 설득하면 돼."

"그럴까요? 걱정하지 마요! 만약 안 된다고 하면 저도 연애하고 싶다고 당당하게 이야기할 거예요!"

그 말에 건형이 피식 미소를 지었다.

당당하고 활기찬 모습.

그래.

자신이 좋아하는 지현의 모습은 바로 이런 것이었다.

"그러니까 당당하게 행동해도 돼. 까짓것 걸리면 뭐 어때? 우리가 연애하는 게 욕먹을 행동도 아니고 말이야."

"네."

지현이 살포시 미소를 지어 보였다.

두 사람은 그 이후 이런저런 대화를 나누며 브런치를 먹기 시작했다. 실제로 지현은 상당히 허기졌던 모양이었다.

그녀는 건형이 사 온 샌드위치와 허니브레드를 눈 깜짝할 사이에 해치웠다.

건형이 피식 웃어 보이며 물었다.

"그렇게 배고팠던 거야?"

"아까 정말 배고팠다고요. 혼자서만 맛있게 밥 먹고 말이야. 그런데 그렇게 불쑥 나와도 돼요?"

"뭐 미리 양해를 구하긴 했으니까. 크게 문제 될 일은 없을 거라고 봐."

"……오빠 학교에 입학하는 거 많이 어렵죠?"

건형이 지금 다니고 있는 대학교는 명문대다. 이른바 SKY라고 불리는 대학 중 하나, 당연히 들어가려면 꽤 어렵다.

그렇다고 해서 지현이 건형이 다니고 있는 대학교를 들어올 수 없는 건 아니다.

충분히 들어오게 할 수 있다.

완전기억능력이라면 가능하다.

이 완전기억능력을 약간만 이용한다면 그녀의 뇌 활성화를 높이고 그것을 통해 그녀의 암기력을 끌어올리는 것도 가능하기 때문이다.

어차피 수학능력시험 같은 경우 암기가 사실상 가장 중요하다고 할 수 있으니까.

"특별입학 이런 걸로 입학하고 싶지는 않거든요."

"흠. 한번 해 볼까? 만약 다니고 싶다면 다니게 해 줘야겠지."

"그런데 오빠가 다니는 학과는 이미 없어졌다면서요."

"아, 로스쿨이 생기면서 없어지긴 했지."

건형이 멋쩍게 웃어 보였다.

실제로 그가 다니는 법학과는 로스쿨이 들어서면서 없어졌다. 그리고 사회학부로 현재 편입되어 있었다.

그렇다 보니 지현이 신입생으로 입학을 하려 한다면 사회학부로 들어가야만 했다.

"오빠가 공부 알려 줄 거예요? 그러면 한번 도전해 볼래요."

"가수 활동에 공부까지 병행하는 건 되게 어려울 텐데 가능하겠어?"

"네, 물론이죠. 아무래도 오빠를 감시하려면 같이 학교를 다녀야 할 거 같아요. 제가 신입생으로 입학한다고 해도 어차피 2년은 같이 다닐 수 있잖아요."

"그런가? 그러면……."

그때, 마음에 걸리는 점이 하나 있었다.

그 후로 2년이 더 지나면 건형은 대학교를 졸업해야 한다. 그러나 지현은 계속해서 대학교를 다녀야 한다.

가뜩이나 지현은 최근 연예계에서 두루두루 인기가 높은 상태다.

맑고 고운 음색을 가진 목소리, 예쁘장한 외모, 하늘하늘한 몸매 그리고 봉사 활동을 하면서 쌓은 좋은 이미지까지.

그렇다 보니 현재 광고 업계에서도 지현의 몸값은 수직 상승하면서 고공행진 중이었다.

화장품, 가전제품, 커피, 그밖에 여러 업계에서 꾸준히 광고 제의가 들어오고 있었다.

어쨌든 만약 지현 혼자 대학교를 다니게 되면 그녀도 노출이 안 될까?

분명히 많은 대학생들 특히 풋풋한 새내기들이 지현을 노릴 가능성이 높았다.

'그때가 되면 내가 몇 살이지.'

지현이 혼자 대학교를 다닐 때면 건형은 스물일곱 살이 된다. 그리고 지현의 나이는 스물세 살.

지현은 한창 아름다울 시기이고 반면에 건형은 슬슬 나이를 먹어가는 시기.

당연히 지현을 노리고 덤벼들 새내기들이 무척 많을 수밖에 없다.

건형은 아무래도 이 일을 없던 일로 해야 하는 것이 아닐까 진지하게 고민이 됐다.

"하하, 그냥 없던 일로 할까?"

"왜요?"

잠시 망설이던 건형이 멋쩍게 웃으며 말했다.

"내가 졸업할 때 되면 지금 너 같은 고민을 하게 될까 봐."

"풉. 오빠도 그런 고민을 해요?"

"……나도 남자라고. 그리고 남자 대부분은 늑대라는 것도 잘 알고 있지. 물론 나는 늑대가 아니지만 말이야."

"오빠가 늑대가 아니면 뭔데요?"

"나야 키다리 아저씨지. 내가 설마 늑대겠어?"

"……못 믿거든요! 어쨌든 저 대학교 갈래요. 공부도 하고 싶었거든요."

지현은 연예인을 하게 되느라 대학교를 못 간 케이스다.

고등학교를 다니다가 중간에 그만 두고 연예계 데뷔를 하기 위해 연습생 생활을 했다고 들었다. 그래서일까. 공부에 대한 열망이 내심 남아 있는 모양이었다.

수학능력시험까지 남은 시간은 약 4개월 남짓.

이 시간 동안 공부에 부지런히 매진한다면 충분히 좋은 성적을 기대해 볼만했다.

물론 SKY 같은 대학교 들어가는 건 약간 어려운 일일지도 모른다.

그래서일까.

지현의 얼굴은 약간 어두웠다.

"아무래도 어렵겠죠?"

건형이 미소를 지으며 말했다.

"아니. 충분히 가능해. 대신 그만큼 열심히 공부를 해 줘야겠지만. 정말 할 수 있겠어? 지금보다 더 잠도 적게 자고 더 노력해야 하는 건데?"

"물론이죠. 할 거예요. 아니, 하고 말래요!"

"알았어. 그렇게 해 보자. 나중에 내가 적당한 문제집 좀 사 갖고 갈게."

"네, 알았어요."

지현이 웃으며 대답했다. 그러면서 보조개가 파였다.

그 모습이 무척 예뻐 보였다.

건형은 자신도 모르게 아빠 미소를 짓고 있었다.

'아빠 미소? 이건 좀 아닌데……'

나이 차이가 고작 네 살밖에 안 나는데 아빠 미소라니.

건형은 고개를 설레설레 저었다.

그래도 지현의 모습은 정말 예쁘기 이를 데 없었다.

지현은 다시 스케줄을 소화하기 위해서 돌아가야 했다.

학교로 돌아가던 길에 건형은 전화를 받았다. 전화를 건

사람은 지혁이었다.

"형, 무슨 일이에요?"

[너는 꼭 하루에 한 번은 사고를 치고 다니더라. 사고를

안 치면 입에 가시가 돋냐? 아니면 손가락에 무슨 무좀 같

은 거라도 나는 거야?]

"무슨 일인데요?"

[너 솔직히 말해. 지현이하고 같이 학교에서 만났지?]

날카로운 지혁 질문에 건형이 머뭇머뭇하다가 조심스럽

게 대답했다.

"네. 같이 있었어요. 오랜만에 만나는 건데 제가 학교에

가야 해서 시간이 영 없었거든요. 그렇다 보니 같이 이동했

어요."

[그래, 그거까지는 좋아. 그런데 그 이후에 어떻게 된 거

야? 같이 끌어안고 있는 게 사진으로 찍혔던데 말이야. 지

금 온갖 SNS에 네 사진이 퍼지려고 하는 거 알고 있어?]

"하하, 괜찮아요."

[뭐라고? 괜찮다고? 내가 지금 그거 일일이 다 지우고 거기에 다시 바이러스 심느라 얼마나 고생하고 있는지 알아? 그런데 괜찮다고?]

"그게요. 그냥 깔끔하게 밝혀 버리려고요. 지현이도 계속 이런 거 신경 쓰는 게 정말 싫은 모양이에요. 어차피 둘이 좋아해서 사귀는 건데 무슨 상관이에요."

[그래? 그것도 나쁘지 않겠네. 강해찬도 네 뒤를 요새 주도면밀하게 밟는 느낌이던데. 괜히 그 사람한테 빌미 하나를 주는 것보다 네가 먼저 터트리는 게 나을지도 모르지.]

"예. 그거 때문에 전화한 거였어요?"

[그래. 무슨 일인지는 알아야 내가 대처를 하든가 말든가 할 거 아니야.]

"하하, 어쨌든 조만간 정 사장하고 만나서 이야기 좀 나눠 보려고요. 이왕 터트리는 거 기자들이 이런저런 이야기 엮어 내기 전에 알리는 게 더 나을 거 같기도 하고요."

[그래. 잘 생각했다. 지현이라는 여자애 정말 괜찮은 애더라. 잘해 봐. 나는 걔라면 결혼까지 가는 것도 나쁘지 않다고 생각한다.]

"고마워요, 형. 또 무슨 일 생기면 연락 줘요."

[알았어. 나중에 보자.]

전화를 끊고 난 다음 건형은 오후 강의를 듣기 위해 강의실 안으로 들어갔다.

이번에도 강의실 안은 조용했다.

건형은 노래를 들으면서 강의가 시작하길 기다리고 있었다.

그때였다.

또다시 휴대폰이 울렸다.

발신처를 확인했다.

건형의 얼굴이 굳었다.

전화를 건 것은 다름 아닌 헨리 잭슨이었다.

하버드대학교 종신교수이자 그와 같이 리만 가설의 증명을 만들어 냈던 세계에서 가장 유명한 수학자 중 한 명.

그리고 위대한 지성인 가운데 한 명이기도 하다.

하지만 헨리 잭슨이 일루미나티의 일원이고 노벨 아이젠하워라는 정체불명의 남자가 그 후원인이라는 것을 알게 된 이후부터는 약간의 거리를 두고 있었다.

아무래도 그들이 무슨 의도를 가지고 자신에게 접근하고 있는 것인지 제대로 파악할 수 없었기 때문이다.

어떻게 해야 할까 망설이던 건형은 일단 전화를 받았다.

굳이 전화를 받지 않을 이유는 없었다.

무슨 이유로 전화를 했는지 들어보는 것 정도야 충분히 가능했다.

"박건형입니다."

[미스터 팍? 오랜만이군. 헨리일세.]

"헨리 교수님 오랜만이군요."

[노벨 아이젠하워 경 때문에 연락을 한 뒤로 처음이군. 그동안 잘 지내고 있었나?]

"저야 별일 없이 잘 지내고 있었습니다. 그런데 어쩐 일로 전화를 다 주신 것입니까?"

건형은 빨리 본론으로 넘어가고 싶었다.

헨리 잭슨 교수도 그것을 읽었다.

그가 약간 서운한 목소리로 말했다.

[나한테 무언가 섭섭한 감정이 있나보군.]

"사실대로 말하면 그렇습니다. 교수님이 일루미나티의 일원임을 숨긴 것도 그렇고 노벨 아이젠하워라는 사람에 대해 일언반구가 없던 것도 그렇습니다. 그렇다 보니 교수님에 대한 신뢰를 크게 잃어버린 듯한 느낌입니다."

신뢰.

이것이 주는 힘은 꽤 무겁다.

누군가 그런 말을 한 적이 있다.

신뢰라는 것은 마치 유리병 안에 담긴 물 같다.

그 신뢰가 한 번 깨지면 엎지른 물처럼 다시 주워 담을 수 없다.

건형이 지적하고 나선 건 바로 그런 점이었다.

[자네한테 신뢰를 주지 못한 거 같아서 미안하네. 후우, 입이 열 개라도 할 말이 없어. 원래 우리는 우리 스스로 일루미나티임을 드러내서는 안 된다네. 그렇다 보니 먼저 말을 꺼낼 기회가 없었지. 노벨 아이젠하워 경도 내게 말없이 불쑥 움직인 것이라네. 나도 그분이 직접 한국으로 찾아갈 줄은 몰랐다네.]

그런 제약이 걸려 있는데도 건형에게 일루미나티를 언급했다는 것 자체가 헨리 잭슨이 얼마나 그를 귀하게 여기는지 알 수 있는 대목이었다.

건형도 그런 헨리 잭슨 교수의 마음 씀씀이가 느껴졌다.

노벨 아이젠하워나 그 윗사람은 모르지만 헨리 잭슨 교수는 나쁜 사람이 아닐 가능성이 더 높았다.

아직 백 퍼센트 확신할 수는 없지만.

"헨리 교수님과 노벨 아이젠하워의 관계는 도대체 어떤

것입니까?"

[그분은 내 후견인이네. 정확히 이야기한다면 노벨 아이젠하워의 부친이신 클라인 아이젠하워 경이 나를 처음 후원해 주셨지. 그리고 그 덕분에 나는 푸앵카레 추측을 증명하는 데 온 힘을 기울일 수 있었다네.]

그의 말에는 진정성이 어려 있었다.

건형도 약간 마음이 움직였다.

헨리 잭슨이 지금 자신을 향해 하는 말이 허언이 아니라는 것을 느끼고 있었기 때문이다.

"알겠습니다. 그럴 수 있다고 하죠. 그보다 오랜만에 이렇게 연락을 주신 이유가 무엇입니까?"

[일루미나티에서 자네를 만나고 싶어 하네. 삼각위원회에서 자네를 만나서 이야기를 나눠 보고 싶다더군. 시간이 된다면 언제 한번 미국에 방문해 줄 수 있겠나? 퍼스트 클래스 티켓을 끊어서 보내겠네.]

삼각위원회.

지혁에게 들은 바 있다.

일루미나티의 핵심 조직 중 하나, 삼각위원회.

일루미나티는 뉴 월드 오더(New World Order)를 노리는 비밀 집단의 총체를 통틀어 일컫는 말이다.

이 일루미나티에는 핵심 조직이 모두 세 곳 있다.

첫 번째, 삼각위원회.

세 명의 우두머리를 중심으로 하는 위원회다.

이들은 그야말로 일루미나티의 핵심 중의 핵심으로 이들이야말로 일루미나티의 실세나 다름없다.

그들은 얼굴에 가면을 쓴 채 활동하는데 이마 부분에는 그들의 숫자가 새겨져 있다.

그랜드 마스터는 0, 삼각위원회는 1, 2, 3을 사용한다.

이들 넷이 일루미나티를 실질적으로 이끄는 사람들이라고 할 수 있다.

두 번째, 빌더버그 그룹.

이들은 일루미나티의 재정을 담당하는 조직이다.

삼각위원회가 빌더버그 그룹의 심장이자 정치력을 맡고 있다면 이들은 일루미나티의 재정을 맡고 있다.

빌더버그 그룹이 갖는 영향력은 어마어마하다.

대표적으로 달러를 찍어 내는 연방준비은행, 이들의 소유권을 가지고 있는 곳이 바로 빌더버그 그룹이다.

우리나라 같은 경우 화폐의 제조 및 유통권을 국가가 가지고 있지만 미국은 그 권한을 연방준비은행이 가지고 있다.

그런데 그 연방준비은행을 실질적으로 소유하고 있는 게 바로 빌더버그 그룹인 셈이다.

마지막, 외교협의회(CFR).

이들이 갖는 힘은 외교다.

세계 각국과 외교권을 가지고 있으며 또한 그것을 바탕으로 일루미나티에게 더 많은 영향력을 가져오게끔 한다.

이렇게 모두 셋. 삼각위원회, 빌더버그 그룹, 외교협의회.

이 세 단체는 일루미나티를 받치는 솥의 세 다리 역할을 한다.

그리고 삼각위원회 바로 밑에 속하는 중심 조직이 바로 13인 위원회다.

총 열세 명으로 이루어진 13인 위원회.

통칭 1에서부터 13까지 모두 열셋.

이들이 바로 마스터다.

노벨 아이젠하워나 메로빙거 모두 13인 위원회의 일원들이다.

그렇지만 그들 모두 삼각위원회에 속해 있지는 않다.

삼각위원회에 속해 있는 것은 그만큼 대단한 영향력을 갖추고 있는 가문이어야 가능하기 때문이다.

어쨌든 삼각위원회가 자신을 미국으로 초대했다.

삼각위원회의 마스터 중 한 명이 자신을 보고 싶어 하는 건지 아니면 13인 위원회의 마스터 한 명이 자신을 보고 싶어 하는 건지 알 수 없지만 그래도 그들이 자신을 만나고자 하는 의사는 읽을 수 있었다.

건형으로서는 일단 신중해야 할 필요성이 있었다.

"생각해 보고 연락해도 되겠습니까?"

[물론이네. 자네 연락을 기다리지.]

전화가 끊겼다.

건형은 입술을 깨물었다.

일단 자세한 이야기는 지혁을 만나서 해야 할 것 같았다.

얼마 지나지 않아 강의 시간이 되고 사람들이 들어찼다.

다행히 오전 강의와 달리 오후 강의는 교수님이 첫 날은 오리엔테이션으로만 간단히 끝을 냈다. 출석 체크도 없었다.

그렇게 강의가 끝나고 건형은 학교를 빠져나왔다. 그리고 곧장 스포츠카를 몰고 지혁이 있는 곳으로 향했다.

순식간에 건형의 차가 지혁의 집 앞에 도착했다.

전화를 할 여유도 없었다. 혹시 감청되고 있으면 어떻게 하나 하는 생각에 걸 수 없었다. 직접 만나서 대화를 나누는 게 훨씬 더 속 편했다.

부르르릉—

스포츠카의 커다란 배기음에 지혁이 별장에서 나왔다.

"무슨 일 있어? 왜 이렇게 급하게 찾아온 거야?"

"방금 전 헨리 교수한테서 연락이 왔어요. 그거 때문에 급히 오게 됐죠."

"헨리 교수한테서 연락이 왔다고? 무슨 일인데?"

지혁도 놀라며 물었다.

건형이 아까 전 오고 갔던 이야기를 간략하게 설명했다.

결국 요약해 본다면 일루미나티가 건형을 만나고 싶어 한다는 이야기다.

이야기를 듣던 지혁이 생각에 잠겼다.

한참 동안 고민하던 지혁은 일단 별장 안으로 자리를 옮겼다.

"일단 안으로 들어가서 이야기해 보자."

그런 다음 두 사람은 헨리 잭슨 교수가 해 온 제의에 대해서 어떻게 해야 할지 생각에 잠겼다.

우선 지혁은 보류였다.

무슨 위험이 있을지 모른다는 것이 그의 중론이었다.

"위험할 수 있어. 너도 알고 있잖아. 일루미나티가 갖고 있는 힘은 어마어마해. 그것들이 설령 루머일 수도 있겠지만 그렇다고 해서 겉으로 드러난 힘을 무시할 수는 없거든. 어쨌든 나는 일단 보류해 뒀으면 좋겠어. 아니면 우리 안마당으로 부르는 게 더 나을 수도 있고."

"한국에서 보는 게 더 낫다는 말이에요?"

"그렇지."

"그것도 좋은 방법이네요. 그러면 그렇게 연락을 취해볼까요?"

"그래. 대신 며칠 뒤 연락을 하자. 지금 하기보다는 나중에 하는 게 네가 상대적으로 더 우위에 있다는 걸 보여 줄수 있으니까. 굳이 네가 먼저 고개를 숙이고 갈 필요는 없잖아. 안 그래? 아직 일루미나티하고의 관계는 정리된 것도 아니고."

그랬다.

일루미나티와 건형의 관계는 현재 애매모호했다.

현재 긍정도 부정도 아니었다.

굳이 따지고 본다면 부정에 가까운 중립이랄까.

그것에는 기억을 지워 버릴 수 있는 그 정체불명의 남자가 한 이야기 탓도 있었다.

"알았어요. 형 말대로 조금 더 고민을 해 볼게요."

"그래. 그렇게 하자. 그리고 이거."

지혁이 건형에게 내민 건 서류철이었다.

그리고 서류철 안에는 강해찬 국회의원, 폴라리스 투자 금융회사 그리고 강해찬이 이끌고 있는 국내 비밀 정재계 모임에 관련된 자료들이 전부 다 담겨져 있었다.

"일단 간략하게 조사해 뒀어. 조금 더 구체적인 자료는 나중에 확실하게 파악한 다음에 알려 줄게."

"이 사람들을 어떻게 하는 게 좋을 거 같아요?"

"글쎄. 솔직히 말하면 우리나라 사법부가 이들을 징치할 수 있을까? 애초에 사법부에 대한 불신이 깊은 우리나라인데다가 이들이 사법부를 장악했다고 봐도 무방한데 말이야."

"그렇죠."

"아무래도 이것은 내가 아니라 네가 결정을 내려야 할 거 같아. 내가 너한테 해 줄 수 있는 건 이렇게 정보를 모아다 주는 거야. 그리고 그것을 가지고 판단을 내리는 건 네 몫이야. 나는 서포터, 결정은 네 몫이라는 거지."

"흡사 무슨 AOS 게임하는 기분인데요? 형은 서포터, 저는 원거리 딜러."

"그래. 적을 확실히 끝내 버릴지 아니면 살려 둘지 그것은 네가 결정하라고. 네 몫이니까."

"알았어요."

건형은 집으로 돌아왔다.

그리고 자리에 앉아서 지혁이 내민 자료를 하나둘 꼼꼼하게 확인하기 시작했다.

자료들을 읽어 내려가면서 건형은 계속해서 한숨만 몰아쉬었다.

온갖 범법 자료들이 가득했다.

그야말로 범죄의 온실이라고 봐도 무방할 만큼 이들은 권력 뒤에 숨어서 자유롭게 범죄를 저지르고 있었다.

일반 서민들이 저지르면 엄벌에 처해질 중죄를 이들은 밥 먹듯이 저지르고 있던 것이다.

탈세, 공금 횡령부터 시작해서 심각하기로는 살인미수까지.

범칙금이 나올 만한 생활형 범죄는 셀 수 없을 만큼 많았다.

국회의원 선거를 하게 되면 그 후보의 범죄 내역을 조회해서 그것을 기입하게 되어 있는데 이 자료에 따르면 그것에 기록되어 있는 건 그야말로 새 발의 피라고 봐야 했다.

그만큼 이 자료에 들어 있는 것은 방대하기 이를 데 없었다.

이것만으로도 충분히 정치 생명에 심대한 타격을 입힐 수 있을 정도.

어째서 강해찬 의원이 건형의 아버지를 그렇게 죽이려고 들었고 또 뺑소니 사고를 쳐서 죽여야만 했는지 알 수 있었다.

·사회를 좀먹는 이런 무리들을 용서해야 할까.

건형은 고개를 저었다.

범죄자들을 계도한다는 것은 분명 좋은 일이다.

그렇지만 어떤 범죄자들 같은 경우는 아무리 계도를 해도 깨우치지 못하는 경우가 많다.

블루컬러형 범죄보다 화이트컬러형 범죄가 그런 경우가 더 잦다.

블루컬러형 범죄는 생계에 밀접한 연관이 있는 반면 화이트컬러형 범죄는 반사회적인 경우가 많기 때문이다.

건형은 지혁이 건넸던 자료를 모두 다 머릿속에 암기한 다음 남은 것들은 깔끔히 없앴다. 근처 공터에서 불태워 없앤 것이다.

그런 다음 건형이 향한 곳은 어머니와 여동생이 함께 살고 있는 집이었다.

틈틈이 전화 통화는 했지만 집에 방문하는 건 오랜만의
일이었다.

집에 도착하니 어머니는 자리를 비우고 없었고 여동생은
방 안에서 혼자 공부를 하고 있었다.

건형은 슬며시 여동생에게 다가갔다. 그녀는 공부에 집
중하느라 누가 오는지도 모른 듯했다.

"공부는 잘 되가?"

갑작스러운 건형 말에 그녀가 화들짝 놀라며 자리에서
일어났다.

"뭐, 뭐야? 오빠야?"

푸석푸석한 머리카락에 퀭해 보이는 눈동자.

무슨 폐인이 되어 가는 여동생 모습에 건형이 머리를 절
레절레 저었다.

"조금 가꾸면서 해. 이게 무슨 꼴이야."

"이제 몇 개월 안 남았다고. 지금이라도 집중해야지."

"어머니는 어디 가셨어?"

"친목계 있다고 거기 가셨어. 저녁 먹고 온다고 하셨으
니까 조금 오래 걸릴걸?"

"그래? 그보다 너 풀고 있는 문제집이 뭐야?"

"응? 그건 갑자기 왜?"

"아는 애가 올해 수학능력시험을 보고 싶다고 해서. 그래서 문제집 좀 추천해 주려고 하지."

"흐응? 아는 애? 여자야? 남자야?"

"그러니까…… 여자애야."

"뭐야? 설마 사귀는 사람이야?"

"흠, 그렇다고 볼 수 있지."

"가만있어 봐. 그러면 지금 고등학생하고 사귄다는 거야? 나보다 더 어린 여자애하고 사귄다는 거야?"

건형이 손사래를 치며 말했다.

"아니야. 너하고 동갑이야. 걔도 바빠서 중간에 학교를 그만뒀거든."

"설마 나처럼 가출했던 애는 아니지?"

"응. 연예인이야."

"……이지현?"

확실히 여자는 감이 날카롭나보다.

몇 달 전 살짝 열애설이 났다가 말았는데 그것을 용케 기억하고 있는 걸 보니 말이다.

"후, 알고 있네. 그러면 이야기하기도 쉽겠다. 맞아. 지현이하고 사귀고 있어."

"말도 안 돼. 정말이야?"

"그러면 내가 너한테 거짓말이라도 하겠냐?"

"어떻게 오빠가 이지현하고 사귈 수 있어? 오빠가 약간 머리 좋아졌다고 하지만 이지현은 그야말로 톱스타라고! 요새 이지현이 얼마나 잘 나가는지 모르지?"

"알고 있어."

건형은 아직 여동생한테 말하지 않은 비밀이 많았다.

이를테면 건형이 레브 엔터테인먼트의 대주주라는 점, 또는 그의 재산이 엄청 많다거나 그가 갖고 있는 완전기억 능력이라든가.

"와, 대박. 어쨌든 뭐 나하고는 상관없는 일이니까. 문제집 추천해 달라고 했지? 지금 내가 보는 거 이런 거 풀라고 하면 될 거야."

"그래, 고맙다. 공부는 잘 돼 가?"

"왜! 잘 안 되면 어쩌려고!"

여동생이 없는 친구 녀석들은 꼭 부러워하던데 건형은 그게 부러워할 일이 아니라고 항상 생각했다. 여동생은 어떻게 보면 남동생보다 더 위험 물질일 가능성이 다분하기 때문이다.

더군다나 자의식이 강하고 주장이 센 여동생을 만나면

오빠 입장에서는 정말 골치 아파져 버린다.

건형의 입장이 딱 그러했다.

"잘 안 되면 도와주려고 했지."

"오빠가 과외를 해 주겠다고?"

그래도 건형은 손꼽히는 명문대에 다니는 수재다.

과외를 할 만한 자격은 충분히 갖추고 있다는 의미다.

그렇지만 건형은 과외를 할 시간이 없었다.

그러기엔 지금 있는 시간도 부족한 게 사실.

그 대신 건형은 완전기억능력을 통해 그녀의 뇌세포를 조금 더 활발하게 움직일 뿐 아니라 기억을 관장하는 해마를 조금 더 낮게 바꿔 놓을 생각이었다.

즉, 기억이 더 오래 가고 더 뚜렷하게 남아 있게끔 바꿔 놓을 요령이었다.

그렇게 한다면 4개월은 짧은 시간이지만 뚜렷한 성취감을 만들어 낼 수 있을 게 분명했다.

"일단 여기 누워 봐."

억지로 침대에 여동생 아영을 눕힌 다음 건형은 그녀 머리맡에 손을 가져다 대었다.

그 순간 푸르스름한 기운이 건형 손바닥으로 흘러나왔다. 그리고 그것은 아영의 머릿속을 가득 메웠다.

아영은 순간 서늘한 느낌이 들었지만 이내 머릿속을 가득 채우는 청량감에 입가에 미소를 그리기 시작했다.

아영이 부드럽게 기운을 받아들이기 시작하자 건형은 본격적으로 시술(?)을 하기 시작했다.

건형이 만들어 낸 푸르스름한 유형의 기운이 아영의 머릿속을 부드럽게 어루만졌고 이윽고 아영의 뇌를 활성화하는 데 성공했다.

그런 다음 건형은 해마를 건드려서 기억력을 올리고 피로감을 풀어 주면서 동시에 뇌세포를 자극했다.

얼마 지나지 않아 아영이 잠에서 깨듯 일어났다.

그녀의 얼굴에는 짙은 만족감이 어려 있었다.

아영이 깨어나자 건형이 입을 열었다.

"몸은 괜찮아?"

"도대체 어떻게 한 거야? 머릿속이 완전 상큼해진 거 같아."

"그래? 기치료라고 알아? 그런 식으로 한번 해 봤어. 효과가 좋으면 말해. 나중에 또 해 줄 테니까."

"부탁할 일은 딱히 없겠지만 뭐…… 생각나면 부탁할게. 그보다 엄마 만나러 온 거 아니야?"

"그냥 얼굴 비춘지도 오래된 거 같아서 한번 온 거야. 나중에 또 찾아올게. 어머니 잘 챙겨드려."

"알았어. 나중에 봐."

그 후 시간이 더 지났다.

며칠가량 시간이 지나고 난 뒤 헨리 잭슨 교수한테서 다시 연락이 왔다.

헨리 잭슨 교수는 이번에는 조금 더 진중한 어조로 입을 열었다.

[미스터 팍, 미국에 오지 않을 생각인가? 마스터께서 자네를 보고 싶어 하신다네. 아이젠하워 경께서 직접 13인 위원회에서 안건을 꺼냈고 그 안건이 통과됐기에 가능한 것이라네.]

"헨리 교수님, 왜 저를 그렇게 부르시는 것입니까?"

[그것은…….]

헨리 잭슨 교수가 말끝을 흐렸다.

건형은 어째서 그가 그렇게 고민하는지 이유를 알 것 같았다.

"알렉산더 페렐만 교수 때문입니까?"

[그러네.]

알렉산더 페렐만 교수. 수학계에서 헨리 잭슨 교수와 더불어 가장 권위 있는 수학자 중 한 명이었던 그는 실종되었다.

지혁이 러시아 총정보국(GRU)을 해킹해서 알아낸 소식으로, 그것은 러시아에서도 특급 정보로 취급되고 있었다.

납치당했다, 실종되었다 등 이야기가 많았지만 헨리 잭슨 교수 입장에서는 동반자 한 명을 잃어버린 것 같은 기분이 들었을 것이다.

"만약 일루미나티에서 페렐만 교수를 납치한 것이라면요? 그래도 일루미나티에 계속 남아 계실 것입니까?"

날카로운 건형의 말에 헨리 잭슨 교수가 짐짓 말을 멈췄다.

만약 일루미나티가 그를 납치한 것이라면?

한참 동안 고민에 잠겨 있던 헨리 잭슨 교수가 입을 열었다.

[일루미나티는…… 거역하기 어려운 집단이야. 나도 일루미나티의 일원이긴 하지만 여기는 한번 들어오면 다시는 빠져나갈 수 없는 파리지옥 같지. 그리고 일루미나티는 목표를 한번 정하면 집요할 정도로 파고든다네. 노벨 아이젠하워 경이 자네를 만나러 한국으로 갔던 것은 그 일환 중

하나일 거야.]

"교수님께서 직접 한국으로 그 마스터와 함께 오시죠. 그러면 만날 용의는 있습니다."

[자네는 정말 어려운 길을 골라 걷는군.]

건형은 헨리 잭슨 교수의 마음을 헤아릴 수 있었다.

지금 그는 자신을 걱정하는 것이다.

자신을 걱정하는 게 아니라면 이렇게까지 이야기할 필요가 없다.

오랜만에 만난 학우를 지키고자 싶어 하는 것이다.

나이나 인종, 국적을 초월해서 말이다.

그렇지만 건형으로서도 이것은 양보할 수 없는 조건이었다.

아무래도 제집 앞마당이 더욱더 안심되는 것은 어떻게 보면 당연한 사실이었으니까.

그리고 몇 주 뒤 헨리 잭슨한테 연락이 왔다.

건형의 뜻대로 해 주겠다는 그런 연락이었다.

Chapter. 08

그동안 건형은 지혁과 함께 치밀하게 준비를 해오고 있
었다.

　　어떻게 해야 일루미나티를 만나서 우세를 점할 수 있을
지 그 점에 대해 이야기하는 중이었다.

　　"누가 올지 어떻게 대응해야 할지 아무것도 알 수 없는
상태죠. 이럴 때 어떻게 하는 게 가장 좋죠?"

　　"일단 일루미나티의 본질을 파악해야 할 필요가 있어.
그들이 원하는 것은 새로운 세계 그리고 그 질서를 확립하
는 거지. 그렇다 보니 그들이 명망 있는 학자들을 끌어모으

는 것이기도 하고."

"아마도 그렇겠죠?"

"그렇게 본다면 일단 저들이 원하는 것은 네 영입이 될 가능성이 높지. 자신의 그룹에 들어와라. 그것이지. 명망 높은 학자들이 많을수록 그 그룹의 가치는 높아지니까."

"그건 그렇지만……."

이쯤해서 건형은 지혁에게도 자신의 능력, 비밀을 이야기할 필요성이 있다고 생각했다.

아마도 일루미나티에서는 자신이 갖고 있는 진짜 힘이 무엇인지 알 것이 분명했다.

실제로 헨리 잭슨 교수 같은 경우 자신이 완전기억능력, 다른 말로 하면 포토그래픽 메모리라는 능력이 있다는 것을 거의 확신하고 있는 것 같았다.

일단 이 능력을 설명하지 않으면 이야기가 성립할 수 없었다.

"형한테 할 이야기가 있어요."

"나한테? 그게 뭐지?"

"일단 제가 갖고 있는 능력이 하나 있어요. 그것 때문에 이렇게 해낼 수가 있었죠."

"능력이라고?"

"예. 완전기억능력이라고 해요. 포토그래픽 메모리, 들어본 적 있어요?"

지혁이 고개를 끄덕였다.

"들어 본 적이야 있지. 한 번 본 것은 바로 기억하는 그런 능력 아니었어? 몇몇 만화책에서 본 적이 있긴 하거든."

"아, 그게 포토그래픽 메모리인 건 맞아요. 그러나 제 완전기억능력은 그것하고는 조금 달라요. 어떻게 보면 그것보다 훨씬 더 강화됐다고 볼 수 있죠. 음, 이를테면 기존 포토그래픽 메모리가 반딧불만 한 빛을 낸다면 제 완전기억능력은 보름달? 어쩌면 그 이상일지도 몰라요. 실제로 저도 이 능력의 한계점까지 본 건 아니거든요."

"그래. 그 능력으로 할 수 있는 게 뭔데?"

"흠, 일단 저는 한 번 본 것은 모두 암기할 수 있어요. 그리고 그것을 통해 이해까지 하는 것도 가능해요."

"그러니까 만약 주식 책을 하루 동안 달달 읽는다고 한다면 그 주식에 관한 모든 것을 이해하는 것까지 가능하다고?"

"예. 믿기 힘들겠지만 사실이에요."

"하하……."

지혁은 허탈한 얼굴로 웃음을 흘렸다.

"그리고 또 뭐가 있는데?"

"그밖에 제가 알아낸 것에 따르면 신체 능력을 일시적으로 강화하는 것도 가능해요. 음, 그렇다고 해서 제 몸을 강화하는 건 아니고 시력이라든가 청각, 촉각 이런 뇌와 연결된 모든 부위를 조금 더 정밀하게 움직일 수 있죠. 근력을 강화시키는 것도 가능한데 그러면 급격히 피로해져서 가급적 사용하지는 않아요."

건형은 이 능력을 사용한 적은 몇 차례밖에 되지 않았다.

지난번 지현이 박광호 실장한테 납치당했을 때 사용했고 특수부대원들이 자신을 공격했을 때, 그리고 태원 그룹의 사장으로부터 여자 아이돌을 빼내 올 때 사용한 정도?

그 이후에는 이 능력은 가급적 아끼고 있었다.

육체와 정신의 불균형 때문에 오히려 몸에 이상이 갈 수도 있다는 것을 파악해 냈기 때문이다.

"그리고 최근 들어서 하나 더 알아낸 능력이 있어요. 그 사람의 잠재력을 각성시키는 것, 이것도 가능해요."

"잠재력을 각성시킨다고?"

"우리 기획사의 강산이라는 배우 알아요?"

지혁이 고개를 끄덕였다.

미국으로 가기 전만 해도 즐겨 보던 드라마의 조연 배우

였는데 워낙 연기를 잘하다 보니 뇌리에 인상 깊게 남아 있었다.

"그 사람의 잠재력도 제가 일깨운 거예요. 원래 제가 잠재력을 일깨우기 전만 해도 그는 평범한 엑스트라 배우에 불과했어요."

"또 있어?"

"지현이 같은 경우는 잠재력을 각성시켰다기보다는 자연스럽게 그녀의 능력을 약간 더 상승시켰고 지난번 공개방송을 할 때 어떤 여성분의 잠재력을 일깨워 준 적도 있었어요. 지금은 개인전을 열 정도로 꽤 인기가 많은 모양이에요."

"……정말 위험한 능력이네."

지혁은 고개를 설레설레 저었다.

자신의 재능을 알지 못해서 허송세월을 낭비하는 사람들이 이 세상에는 많다.

지금 건형이 하는 말은 그것을 근본적으로 아예 뜯어고칠 수 있다는 이야기다.

미술에 재능이 있는 사람이면 그 미술에, 축구에 재능이 있다면 축구에, 자신의 재능을 일깨워 줄 수 있다는 이야기니까 그게 얼마나 두려운 일인가.

그야말로 위험천만한 능력이라고 할 수 있었다.

만약 일루미나티도 이 사실을 알고 있다면 어떻게든 건형을 포섭하려 하거나 혹은 제거하려 할 것이 분명했다.

"그 일루미나티의 수장이라는 그랜드 마스터가 저를 껄끄럽게 여기는 것이 분명해 보였어요. 헨리 잭슨 교수도 그런 이야기를 하더라고요."

"그래? 그렇게 생각하는 확실한 이유가 있어?"

"헨리 잭슨 교수는 저를 필요로 했다고 하더군요. 그래서 자신의 후견인이자 마스터에게 연락을 해서 저를 일루미나티의 일원으로 받아들이고자 했던 모양이에요. 그런데 13인 위원회에서 그게 잘 안 받아들여졌던 거 같아요. 그러니까 노벨 아이젠하워라는 사람이 저를 찾아온 것이겠죠?"

"흠, 그랜드 마스터가 너를 껄끄럽게 생각하는 이유가 뭘까?"

곰곰이 고민하던 건형이 조심스러운 목소리로 대답했다.

"완전기억능력 때문이 아닐까요? 그리고 형을 납치한 그 남자 말이에요. 그 남자가 했던 말도 있어요. 초인의 시대에 온 것을 환영한다고 하더군요."

"초인의 시대? 그게 도대체 뭐야?"

"그냥 그렇게만 말했어요. 저도 그 이후는 잘 몰라요."

"흐음…… 그래? 어쨌든 일루미나티의 목적은 둘 중 하나일 거야. 너를 일원으로 받아들이고 싶어 하거나 또는 너를 제거하고 싶어 하거나. 둘 중 하나겠지. 그러면 너는 그 두 가지 중에서 그들의 움직임을 보고 대응해도 늦지 않을 거야. 그렇지만 아무래도 최대한 주의 깊게 움직이는 게 낫겠지. 일루미나티라면 우리나라 정재계 인사들 몇몇은 포섭해 뒀을 테고 무엇보다 면책권도 가지고 있을 수 있으니까 말이야."

"흠, 그렇겠네요. 하아, 골치 아프게 됐군요. 어쩌다가 이런 사람들하고 엮여서 말이죠."

"그럴 수밖에 없어. 원래 점점 더 유명세를 얻고 사람들의 이름에 오르락내리락하다 보면 원하지 않던 일도 겪을 수 있게 되는 거니까. 여하튼 전략을 확실하게 짜자. 실질적으로 지금 너를 도와줄 수 있는 건 나밖에 없으니까."

건형이 고개를 끄덕였다.

며칠 뒤 건형은 서울 한 호텔에서 헨리 잭슨과 만나기로 약속을 잡았다.

5성급 초호화 호텔에서 만나기로 한 약속이다.

그곳에서 섣부르게 테러를 일으키거나 혹은 무언가 심각한 일을 벌일 가능성은 낮다고 봐야 했다.

건형은 깔끔하게 양복을 입은 채 미리 서울 J호텔 안 커피숍에서 헨리 잭슨 교수가 오길 기다리고 있었다.

[헨리 교수가 들어갔다.]

귓속에 꽂아 둔 무선 특수 이어폰으로 지혁 목소리가 들렸다.

그리고 얼마 지나지 않아 헨리 잭슨 교수가 J호텔 안으로 들어왔다.

건형이 그런 헨리 잭슨 교수를 바라보며 자리에서 일어나 손을 내밀었다.

"오랜만입니다, 교수님."

헨리 잭슨도 웃으며 입을 열었다.

"보고 싶었네. 미스터 팍."

원래 두 사람은 이렇게 서먹할 사이가 아니다.

처음 한 학술 논문 사이트에서 만난 이후로 꾸준히 교류를 해 왔다. 그리고 같이 논문을 준비하면서 끈끈한 우정을 쌓았다.

나이와 국적, 인종을 초월하는 그런 우정이었다.

그런데 일루미나티 하나 때문에 그 사이가 많이 갈라졌

다. 균열이 생겼다. 그리고 그 균열 때문에 지금 두 사람의 사이는 무척 서먹해진 상태였다.

잠시 동안 정적이 오고 갔다.

그때 먼저 입을 연 것은 건형이었다.

"다른 분들은 안 오신 겁니까?"

"그분들도 곧 오실 거네. 일단 내가 먼저 잠시 나온 것은 자네하고 단둘이 하고 싶었던 이야기가 있었기 때문이라네."

"그게 무엇입니까?"

"완전기억능력, 그러니까 포토그래픽 메모리. 정말 그 능력을 가지고 있는 것인가?"

날카로운 질문이다.

건형은 순간 멈칫했다. 그리고 헨리 잭슨은 그것을 놓치지 않았다.

"사실인 모양이군. 놀라워. 실제로 그 능력을 가지고 있는 사람은 많지 않다고 들었는데…… 정말 그런 능력을 가지고 있는 것인가?"

어차피 그도 그렇고 일루미나티도 그렇고 이미 어느 정도는 짐작하고 있었을 터.

건형은 순순히 고개를 끄덕였다.

사실 완전기억능력이 아니라면 건형이 반년 만에 해낸 성과를 설명할 방법이 없다.

그 이전까지만 해도 평범하기만 했던 한 사람이 순식간에 주식 투자의 귀재가 됐고 퀴즈의 신이 되었으며 크렐레 저널에 리만 가설을 증명했으니까.

헨리 잭슨 교수는 그 말에 한숨을 길게 내쉬었다.

아무래도 이 완전기억능력과 얽힌 무언가가 있는 듯했다.

"그렇군. 알겠네. 그러면 자네를 단독으로 만나고 싶었던 이유를 이야기하지. 지난번 아이젠하워 경을 만나서 이야기를 들었네. 그분 말로는 그랜드 마스터가 자네를 상당히 껄끄럽게 생각한다고 하더군."

"……어째서죠?"

대충 이유를 짐작할 수는 있지만 그래도 확인차 건형은 헨리 잭슨 교수에게 물었다.

한참 고민하던 헨리 잭슨 교수가 입을 열었다.

"자네가 가지고 있는 그 능력 때문에 그런 거 같네. 혹시 병원에서 MRI 검사를 받은 적이 있나?"

펀치기 사고를 당하고 몇 차례 병원에서 MRI 검사를 받은 적이 있었다.

특별한 문제는 발견된 적이 없던 걸로 알고 있다.

그런데 여기서 그가 이 문제를 언급하는 이유는 무엇일까?

헨리 잭슨 교수가 대답 대신 휴대폰을 꺼내서 사진 한 장을 보여줬다.

그 사진에는 기묘한 뇌파 사진이 담겨 있었다.

"이게 인간의 뇌가 맞습니까?"

뇌 모든 곳이 새빨갛게 물들어 있는 괴기한 사진.

건형은 그것을 보며 호기심을 드러냈다. 이 정도라면 진즉에 죽어도 이상하지 않을 그런 환자의 뇌파 사진이다.

그때 헨리 교수가 말했다.

"이것은 자네의 뇌 사진이라네. 처음 사고를 당했을 때 대학 병원에서 찍었던 거지. 그때 대학 교수는 MRI 기계가 고장 난 것인 줄 알고 이 사진을 삭제했지만 우리 측에서 이것을 입수했지."

"……"

"자네 뇌에 문제가 있을 수도 있다는 생각을 해 본 적은 없나? 자네가 갖고 있는 그 완전기억능력, 그 능력을 남용하게 된다면 뇌에 치명적인 영향을 미칠 수 있다네. 무언가 얻게 된다면 잃는 것도 있기 마련이니까."

건형은 그 말에 고개를 끄덕였다.

자신에게 주어진 능력, 여태까지는 이 능력을 행운의 선물이라고 생각했지만 잘못하면 이게 자신의 생명을 앗아갈 수도 있는 폭탄일지도 모른다.

아무래도 한 번쯤 이것을 짚고 넘어갈 필요가 있었다.

무엇보다 이것은 자신의 생명과 직결된 문제이니 말이다.

그 이후 건형은 헨리 잭슨과 이런저런 이야기를 나누기 시작했다.

그냥 평범한 담소였다.

그러나 다른 사람들이 듣는다면 그들이 나누는 대화가 평범하지 않다는 것을 쉽게 깨달을 수 있을 것이다.

그렇게 헨리 잭슨 교수가 그동안 풀지 못했던 학문적 욕망을 몽땅 배출해 낼 때였다.

그에게 연락이 왔다.

잠시 뒤 그가 약간 경직된 얼굴로 입을 열었다.

"곧 두 분이 오실 거네. 완전기억능력은 가급적 적당히 숨겼으면 하는 바람이야. 이상하게 그랜드 마스터가 그 능력을 상당히 경계하는 거 같았네. 그거 때문에 여러 차례

자네에 관해 주의 깊게 지켜봐야 한다는 의견이 올라오곤
했으니 말이야."

"그렇군요. 알겠습니다. 주의하도록 해야겠습니다."

"그래, 부탁하지."

그때였다.

얼마 지나지 않아 지혁이 다급한 목소리로 말했다.

[아담 록펠러야.]

아담 록펠러?

건형이 얼굴을 굳혔다.

아담 록펠러라면 록펠러 가문의 그 데이비슨이다.

록펠러 가문은 미국에서 가장 유명한 가문 중 하나다. 록
펠러 가문을 세운 록펠러 1세 존 데이비슨 록펠러는 석유
왕이라고 불렸다.

그리고 그 후 록펠러 가문은 미국 삼대 재벌 중 한 곳으
로 손꼽히게 된다.

록펠러가, 뒤퐁가, 엘런가.

이들 중으로 으뜸으로 손꼽히는 곳이 바로 록펠러 가문
이다.

그들은 지금도 정재계에서 막강한 영향력을 발휘하고 있
으며 뉴욕 주지사를 비롯해서 각 주에 많은 주지사를 배출

하기도 했다.

이렇듯 록펠러는 자타가 공인하는 공공연한 미국 최대 재벌로 미국 자본주의의 상징적인 인물이기도 하다.

그가 일루마니티의 일원이라는 것도 어느 정도 추론이 충분히 가능한 일이다.

지혁의 말이 끝나고 얼마 지나지 않아 아담 록펠러가 호텔로 들어왔다. 그에게서는 묘한 아우라가 뿜어지고 있었다.

건형은 그것을 보면서 이 사내가 갖고 있는 힘을 짐작해 볼 수 있었다.

'강하다.'

단순히 육체의 힘을 비교해 본다면 건형이 훨씬 더 우위라고 이야기할 수 있다.

건형은 이십 대의 파릇파릇한 청년이고 그는 오십은 넘어 보이는 중년인이었으니까.

그렇지만 단순히 그것으로 비교할 수 없는 무형의 기세가 있었다.

그것은 오랜 시간이 쌓인 경험이 만들어 낸 그런 아우라였다.

"반갑네. 아담 록펠러일세."

"박건형입니다."

"듣던 것보다 더 어리군. 아니, 젊다고 해야 하나? 잭슨 교수한테는 이야기 많이 들었네. 덕분에 아이젠하워 경한 테도 많은 이야기를 전해들을 수 있었지."

뒤따라오던 노벨 아이젠하워가 미소를 지어 보였다.

"마스터가 직접 한국에 오길 바란다고 하더군. 그래서 내가 직접 오게 됐네. 나는 삼각위원회의 일인이자 빌더버 그 그룹의 수장을 맡고 있지. 자네가 원하는 조건을 충분히 충족시켰다고 생각하네."

건형은 고개를 끄덕였다.

삼각위원회의 일인이자 빌더버그 그룹의 수장이라면 서열 3위 안에 든다는 이야기다.

그가 미스터 원일지 투일지 쓰리일지는 모르지만 어쨌든 일루미나티에서 막강한 영향력을 발휘하고 있는 건 부인할 수 없는 사실.

건형은 그가 왔다는 것 하나만으로도 충분히 만족할 수 있었다.

그렇지만 한 가지 걱정되는 점도 있었다.

아담 록펠러를 보냈을 정도라면 그만큼 그랜드 마스터가 자신을 경계하고 있다는 의미일 터.

건형 입장에서는 그들의 의도를 꼼꼼하게 파악할 필요가
있었다.

"일단 그랜드 마스터께서 자네한테 전언을 보내 왔네.
그것부터 먼저 확인해 보겠나?"

"그렇게 하겠습니다."

건형은 아담 록펠러가 건네는 물건을 전해 받았다.

그가 건넨 것은 자그마한 크기의 휴대폰으로 안에는 동
영상 파일이 하나 들어 있었다.

건형은 동영상 파일을 재생시켰다.

어두컴컴한 장막 앞에 숫자 0이 새겨진 가면을 쓰고 있
는 사내가 등장했다.

이미 목소리는 심하게 변조된 데다가 영상도 좋질 않아
서 누군지 파악하는 건 불가능한 일이었다.

[만나서 반갑네. 미스터 팍. 나는 오래전부터 자네를 주
목해 오고 있었지. 자네의 MRI 사진을 입수하는 순간부터
일거수일투족을 감시해 왔어. 그리고 한 가지 결론을 내릴
수 있었지. 자네가 갖고 있는 능력이 완전기억능력이라는
사실을 말이야.]

"……."

건형은 말없이 그의 말을 기다렸다.

[그래서 처음에는 자네를 제거해야 할지 고민했네. 그러나 헨리 잭슨 교수의 말이 내 마음을 흔들었지. 자네 같은 지성인을 이대로 제거하는 것은 결코 좋은 일이 아니라고 말이야. 또, 자네 행동을 계속 추적하다 보니 한 가지 기묘한 사실을 알아낼 수 있었지. 자네는 불완전기억능력을 가지고 있다는 것을 말이야.]

'불완전기억능력?'

건형은 그가 하는 말이 무슨 말인지 주의 깊게 살펴 들었다.

[그리고 그 불완전기억능력이 자네의 생명을 갉아먹고 있다는 것도 알아냈어. 그러고 나니 자네를 굳이 제거할 필요는 없다고 생각되더군. 어차피 알아서 자멸할 존재를 내 손을 더럽히면서까지 제거해야 할 필요는 없다고 생각해서야.]

알아서 자멸할 것이라고 했다.

확신하는 듯 강한 어조.

아까 전 헨리 잭슨 교수가 MRI 사진을 언급했을 때부터 느낌이 좋지 않았는데 아무래도 이것을 다시 한 번 확인해 볼 필요가 있을 것 같았다.

[이번에 아담을 보낸 것은 자네하고 한 가지 협약을 맺어

두기 위해서야. 그쯤이면 굳이 우리 측이 자네와 충돌을 일
으킬 필요가 없다고 보니까. 그러면 아담과 이야기를 잘 나
눠 보게, 미스터 팍.]

건형은 그의 말을 들으며 그랜드 마스터가 생각하는 방
향을 뚜렷하게 파악할 수 있었다.

그는 자신을 얕잡아 보고 있었다.

불완전기억능력, 그리고 한계점.

그 모든 것들이 겹쳐졌다보니 자신을 별 볼 일 없다고 파
악한 것이다.

건형 입장에서는 오히려 잘 된 일이었다.

일루미나티와 부딪친다면 백 퍼센트 건형의 패배가 예상
되는 상황.

건형 입장에서는 숨 고르기를 할 수 있는 시간이 주어진
셈이다.

건형이 동영상을 다 확인하고 나자 아담 록펠러가 입을
열었다.

"확인은 다 끝났나?"

"예, 그렇습니다."

"좋아. 그러면 그랜드 마스터의 제안을 이야기하도록 하
겠네."

아담 록펠러가 입을 열었다.

"그랜드 마스터께서는 자네가 그 능력을 부정한 곳에 사용하지 않는 이상 대립을 하고 싶어 하지 않으시네. 만약 자네가 수락한다면 우리 일루미나티는 자네를 적대하지 않을 것이네."

나쁘지 않은 조건이다.

건형 입장에서도 그들은 상대하기 껄끄러운 조직들이다.

세상을 암중에서 지배하는 조직이라고 했다. 자신 혼자서 그들과 부딪쳐 봤자 계란으로 바위를 깨는 격이다.

그럴 바에는 차근차근 힘을 모으는 것이 더 우선시될 터였다.

게다가 그랜드 마스터라는 자는 건형을 완전기억능력이 아니라 불완전기억능력으로 생각하고 있었다. 그리고 언젠가 알아서 자멸할 것이라고 추측하는 모양새였다.

그렇다는 건 그만큼 그들의 마음속에 빈틈이 생겼다는 이야기.

자신이 노려야 하는 건 바로 그것이었다.

"……."

그럼에도 건형은 잠시 고심하는 척 그의 주의를 흐트러트렸다.

그러나 아담 록펠러는 느긋한 얼굴로 건형이 선택을 내리길 기다리고 있었다.

지금 갑의 입장에서 있는 건 아담 록펠러, 반면에 건형은 을이다.

을이 제아무리 호기를 부린다고 해도 갑 입장에서는 그야말로 어린아이 장난질에 불과할 뿐.

아담 록펠러는 그 사실을 잘 알고 있었고 박건형이 무슨 고민을 하든 대수롭지 않게 생각했다.

건형도 그것을 알았다. 자신이 무엇을 해도 그는 흔들리지 않을 것이라는 걸.

건형이 입을 열었다.

"그랜드 마스터의 제안을 따르겠습니다."

"좋군. 입에서 나온 모든 것은 맹약의 근원이 되니 그것을 스스로 깨트린 자는 알아서 저주받으리라. 맹약을 잊지 말게."

아담 록펠러는 그렇게 몇 분 만에 J호텔을 빠져나갔다. 그리고 노벨 아이젠하워가 그 뒤를 급하게 쫓았다.

반면에 헨리 잭슨은 자리를 지키고 있었다.

건형은 아담 록펠러의 뒷모습을 지켜보며 입술을 깨물었다.

세상은 넓고 이 세상에 정말 특별한 사람들은 많았다.

자신도 특별한 사람들 중 한 명이긴 하지만 그들에 비하면 별거 아니라는 것도 알게 됐다.

그렇지만 건형은 이번 위기를 현명하게 넘겼다는 것이 오히려 더 다행스러웠다.

그들의 눈을 피할 수 있게 되었을 때 그들이 무시하지 못할 정도로 강력한 힘을 얻겠다고 다짐했다.

건형이 가까스로 안색을 회복했을 때 헨리 잭슨이 입을 열었다.

"미안하네. 내가 괜히 자네를 이야기하는 바람에 위기에 몰아넣고 말았어."

"아닙니다. 교수님 때문이 아니죠."

이미 그들은 자신에 대해 면밀하게 조사를 해 왔던 것이 분명했다. 건형 본인도 모르는 MRI 사진을 그들이 알고 있다는 것부터 그러했다.

그렇다 보니 이것은 헨리 잭슨 교수한테 책임을 물을, 그럴 소재의 것은 아니었다.

오히려 헨리 잭슨 교수가 자신을 적극 옹호한 덕분에 그들로부터 경계심을 덜 샀다고 봐야 했다.

그렇지만 그들의 정보망도 완벽한 것은 아니었다.

'내가 그자하고 연락했던 일에 대해서는 모르고 있었어.'

중요한 것은 그것이다.

지혁을 단기 기억상실증으로 만들어 버린 그 남자.

일루미나티도 그에 대해서는 제대로 파악하지 못하고 있었다.

만약 그것을 알았다면 그와 무슨 대화를 나눴는지 하나도 빠짐없이 꼼꼼하게 물어봤을 테니까.

건형이 보기에 그 남자는 일루미나티와 척을 지고 있는 게 분명해 보였기 때문이다.

어쨌든 일은 생각보다 더 훌륭하게 잘 마무리됐다.

이제 남은 것은 일루미나티가 신경을 덜 쓰는 사이 자신만의 세력을 구축하고 그 힘을 확실하게 다지는 것.

그것이었다.

헨리 잭슨 교수도 얼마 지나지 않아 J호텔을 떠났다.

떠나면서 그는 건형의 두 손을 마주 잡고 입을 열었다.

"절대 굴복하지 말게."

"예?"

"나는 학자로서 그들의 회유를 견뎌내야 했으나 그러질

못했네. 그들이 내 후견인이라고 하지만 그것은 허울 좋은 이야기일 뿐 많은 학자들은 그들을 위해 움직이는 하나의 부품에 불과할 뿐일세. 지금 와서는 알렉산더 페렐만 교수가 옳은 결정을 내렸다고 생각하고 있지. 설령 그가 실종을 당해서 온갖 고문을 당했다고 할지라도. 학문적 자긍심은 그 누구도 꺾을 수 없는 것이니 말이네."

"교수님께서는 일루미나티에 가담한 것을 후회하시는 것입니까?"

헨리 잭슨 교수가 고개를 끄덕였다.

"그렇다네. 내가 그곳에 몸을 담은 것은 그들이 학문의 자유를 인정하고 학자들에게 연구할 수 있는 훌륭한 환경을 만들어 주겠다고 약속했기 때문이었네. 그렇지만 점점 더 그들은 자신들의 대계에 맞게끔 움직여주길 요구하고 있지. 실제로 수많은 학자들이 그들의 입맛대로 움직이고 있는 형편이라네. 내가 리만 가설을 증명하는 논문을 자네 이름으로 발표한 것은 그들에게 엿을 먹이기 위함이었네."

평소 헨리 잭슨 교수의 성격을 보면 방금 전 그가 꺼낸 말은 믿기지 않을 정도로 충격적이었다.

그가 평소 입에 담지도 않는 저급한 욕설을 썼을 정도였으니까.

"알겠습니다. 교수님. 조심히 돌아가십시오."

"다음에 또 보세나."

떠나는 헨리 잭슨을 보던 건형은 미련 없이 발걸음을 떼었다. 그리고 멀리 떨어지지 않은 곳에서 지혁을 다시 만난 건형은 그와 이야기를 나누기 시작했다.

"어떻게 봐요?"

"일단 일루마니티 일은 잘 해결된 거 같아. 물론 계속 해서 감시는 하겠지만 당분간 마찰을 빚을 일은 없을 테지."

"헨리 잭슨 교수는요?"

"지켜볼 여지는 남아 있지 않을까? 솔직히 말해서 나는 헨리 잭슨 교수의 말을 전적으로 신뢰하지는 않아. 뒤늦게 와서 후회하는 것도 조금 어처구니가 없고 말이지. 그렇다고 해서 헨리 잭슨 교수가 너한테 해 준 일이 없어지는 건 아니잖아. 실제로 리만 가설을 증명하는 논문도 헨리 잭슨 교수가 뼈대를 만들고 거의 다 해결했던 것에 너는 약간의 도움만 줬다고 했으니까."

"그러면 둘 다 보류해 두는 게 좋을 거 같다는 거군요."

"그렇지. 지금 와서 급하게 생각할 필요는 없을 거 같아. 천천히 가자. 그리고 그동안 국내에 한적한 일들부터 정리하자."

"강해찬 국회의원, 그자를 쳐내야겠죠."

"그래. 성철 형님의 원수. 그 원수를 갚아야겠지. 그런데 어떤 식으로 복수를 할 생각이냐?"

"일단은……."

건형은 어떻게 해야 할지 생각에 잠겼다.

단순히 그에게 고문을 하고 죽이고 이러는 것은 아무 의미 없다.

오히려 아버지도 그런 것은 원하지 않을 게 분명했다.

그보다는 정신적으로 확실하게 타격을 입혀야 했다.

그의 기반은 의회에 있다.

권력, 그것이 그가 가장 소중하게 여기는 것.

부정부패에 얼룩지고 비리를 일삼는 무리들, 그들이 가장 소중히 아끼는 것 그것을 빼앗아 버릴 생각이었다.

권력을 소중히 여기는 사람은 권력을, 재물을 소중히 여기는 사람은 재물을, 건강을 소중히 여기는 사람은 건강을.

목숨을 빼앗을 생각은 없었다.

오히려 살아 있는 게 더 지옥이게끔 만들어 놓을 생각이었다.

Chapter. 09

일루미나티 문제는 잘 해결됐다.

정확히 말한다면 해결됐다기보다는 잘 봉합됐다고 해야 할 것이다.

일루미나티와 건형은 평행선을 달리는 관계로 변했다.

양측 모두 서로의 영역을 침범하지 않는 이상 별다른 문제는 없을 것으로 예상됐다.

물론 이것은 임시적인 방편이었다.

마치 제2차 세계 대전이 끝나고 난 뒤 미국과 러시아의 냉전이 시작된 것처럼 건형과 일루미나티 사이에서도 냉전이 일어난 셈이다.

일루미나티의 힘은 막강하다. 그들의 힘이면 건형 한 명을 세상에 흔적도 없이 지워 버리는 건 식은 죽 먹기다.

하지만 그랜드 마스터는 건형을 극도로 신중하게 경계하고 있었다.

왜냐하면 건형이 가지고 있는 능력 때문이다.

'완전기억능력.'

실제로 그랜드 마스터가 13인 위원회의 일인이자 빌더버그 그룹의 부총수로 있었을 당시 완전기억능력을 가진 초인과 일루미나티가 한 번 대립을 겪었던 적이 있었다.

개인과 집단의 전투, 그러나 실상은 개인과 집단의 전쟁이었다.

각성한 완전기억능력자는 그야말로 전무후무한 존재였다.

괴물 그 자체.

정신적인 능력뿐만 아니라 신체적인 능력도 극도로 강화된 완전기억능력자를 상대하는 것은 일루미나티로서도 힘에 부치는 상황이었다.

미사일이나 폭탄을 쓰기엔 도심지에서 일어난 일이기 때문에 그렇게 할 수 없었다.

막말로 그를 사하라 사막 한복판에 떨어트려 놓지 않는 이상 핵미사일을 발사한다는 건 불가능한 이야기였으니까.

그렇게 완전기억능력자와 일루미나티의 대립은 날이 갈수록 격화됐다.

그리고 일루미나티가 전 세계에 뻗어 있는 영향력 중 3할 가까이 날아갔을 정도로 그와 부딪친 결과물은 어마어마했다.

그렇다 보니 그랜드 마스터가 각별하게 건형을 경계하고 있는 것이었다. 그리고 섣부르게 건드리지 못하고 있는 이유도 있었다.

만약에 괜히 건드렸다가 그가 각성이라도 하게 된다면?

또다시 일루미나티의 영향력이 크게 줄어들게 될 테고 그것은 'New World Order'를 슬로건을 내세우는 그들의 발걸음에 크나큰 악재가 될 수 있었다.

실제로 그 당시 완전기억능력자와 부딪치면서 일루미나티에 발생한 손실로 인해 그들의 대계가 한 세기 가까이 미뤄진 것을 생각해 보면 그랜드 마스터가 학을 떼는 이유가 있었다.

어쨌든 일루미나티와의 관계가 어느 정도 봉합되면서 건형으로서는 한결 걱정거리를 덜 수 있었다.

그렇지만 문제는 여전히 남아 있었다.

건형 본인도 몰랐던 MRI 사진.

그것은 퍽치기 사고를 당했을 때 서울 S대학 병원에서 찍었던 것으로 응급실 교수도 MRI 기계 이상으로 판단했던 터라 건형으로서는 사진의 존재 유무를 모를 수밖에 없었다.

그렇지만 이렇게 알게 된 이상 한 번쯤 확인하고 넘어갈 필요가 있었다.

"형, MRI를 찍을 만한 곳이 없을까요?"

문제는 고가의 MRI 기계를 임의로 이용한다는 것이 불가능한 상황.

또한 MRI를 찍게 되면 그 영상과 사진이 남게 될 텐데 건형으로서는 외부에 공개되는 걸 꺼려야 하는 상황이었다.

그렇다 보니 건형이 이 상황에서 매달릴 수밖에 없는 것은 지혁이었다.

곰곰이 고민하던 지혁이 인맥을 동원하기 시작했다.

지혁의 인맥은 대단히 폭넓고 광범위했다.

세계 곳곳에 뻗어 있는데 개중에는 의사도 있었다.

그렇게 수소문을 하던 지혁이 밝은 얼굴로 입을 열었다.

"하나 찾아냈다. 부산 쪽에 있는 병원인데 친구 녀석이 괜찮다고 한다. 대신 그 녀석도 MRI 영상을 볼 텐데 괜찮을까?"

"예. 그 정도는 괜찮겠죠. 대신 그 병원 서버에 남으면 안 되겠지만요."

"그것은 내가 해결할 수 있고. 언제가 좋을 거 같냐? 그 녀석 말로는 새벽녘에 하는 게 가장 낫다고 하더라."

"음, 이왕이면 빠르게 하는 게 낫겠죠?"

건형도 내심 긴장하고 있었다.

만약 헨리 잭슨 교수나 아담 록펠러 말대로 이 능력을 쓸 때마다 자신의 생명이 줄어드는 것이라면 건형으로서는 생각을 달리해야 했기 때문이다.

가족 그리고 지현을 두고서 일찍 죽고 싶은 생각은 없었다.

"그래, 그렇게 부탁해 둘게. 그럼 내일 새벽 부산으로 바로 갔다 오자. 특별한 일 없지?"

내일 오전에 학교 강의가 있긴 하지만 어차피 첫 주다보니 빠져도 딱히 문제는 없었다.

"그렇게 할게요. 약속 잡아 주세요."

"그래, 있다가 보자. 네 차로 같이 내려가자. 드라이브

시켜주기로 했잖아."

"지난번에 인천국제공항에서 제가 형 태워 온 거 까먹었나 봐요?"

"……그건 단기 기억상실증에 걸렸을 때잖아. 임마."

"하하, 알았어요. 장난이에요. 장난. 그럼 있다가 새벽에 시간 맞춰서 올게요."

"부산까지 못해도 다섯 시간은 걸릴 테니까 일찍 출발해야 돼. 알지?"

"네."

건형은 지혁과 헤어진 다음 레브 엔터테인먼트로 향했다.

레브 엔터테인먼트는 북적북적거리고 있었다.

국세청에서 대대적으로 탈세 의혹이 있다고 하면서 불시에 압수수색을 했는데 한 톨의 비리도 밝혀내지 못했고 오히려 그것이 기자들을 자극시킨 것이다.

여태껏 국세청이 마음먹고 달려들어서 굴복시키지 못한 회사는 없다.

자그마한 꼬투리라도 잡아냈고 그것으로 아예 끝장 낸 적도 많았다.

그런데 이렇게 작은 엔터테인먼트 회사가 그런 국세청의

파상 공세를 이겨냈으니 어떻게 그게 가능했던 것인지 궁금해할 수밖에 없었다.

건형은 기자들을 피해서 빌딩 안으로 들어섰다.

정 사장이 그를 반갑게 맞이했다.

정 사장 입장에서 건형은 그야말로 구세주 자체였다.

과거에도 그를 구세주로 여기긴 했지만 지금은 그냥 신, 그 자체였다.

"박 이사님."

스무 살 어린 건형에게도 정 사장은 절대 말을 낮추지 않았다. 그만큼 건형은 동등한 대우를 받을 만한 자격이 있었다.

"일은 잘 해결된 모양이네요. 반대로 회사가 약간 시끌벅적해졌지만요."

"그러게 말입니다. 폴라리스 쪽도 아예 발을 뺀 것을 보면 당분간 걱정할 일은 없을 거 같습니다."

그러나 한 가지 불안 요소가 남아 있었다. 그리고 그것은 건형과 관련된 일이었다.

레브 엔터테인먼트의 간판이라고 할 수 있는 지현과 현재 사귀고 있다는 점.

강해찬 국회의원과 그 일당들도 언젠가 이 사실을 밝혀

낼 게 분명했고 그것을 먼저 퍼트리게 놔두느니 자신이 먼저 공개하는 것이 더 나을지도 모른다고 생각하고 있었다.

문제는 정명수 사장이 그 이야기를 듣고 받을 타격, 그게 가장 큰 걱정거리였다.

실제로 건형이 처음 레브 엔터테인먼트와 계약을 할 때에는 그룹 플뢰르의 법정 대리인 자격으로 한 것이었고 지현이 솔로로 나서게 된 것에는 봉사 활동을 다녀오면서 그녀의 인지도가 크게 올라간 것 때문이었다.

그러나 레브 엔터테인먼트에서도 지현이 솔로 가수로 성공할 수 있게 좋은 곡을 작곡가에게 받아 오고 이런저런 홍보도 하며 갖은 노력을 다 기울여서 지금 여가수 중 원톱에 가깝게 만들었다. 그러니 그것을 감안해 보면 건형이 지현과 사귀는 것은 어찌 보면 그들의 등에 비수를 꽂는 행동이라 할 수 있었다.

그래도 짚고 넘어가야 할 문제였다.

괜히 강해찬 일파에게 빌미를 제공하고 싶지는 않았다.

"당분간 걱정할 일은 없으실 거 같다고 해서 말씀드리는 것입니다만 한 가지 불안 요소가 남아 있습니다."

"예? 불안 요소가 남아 있다고요? 혹시 폴라리스 쪽하고 무슨 문제가 더 있는 겁니까? 그게 아니면 다른 쪽 문제라도?"

"……정 사장님께는 죄송하지만 이것은 제 일이기도 합니다."

"박 이사님이 말입니까? 하하, 여태껏 박 이사님이 해내신 것을 보면 무슨 슈퍼맨이 생각날 정도입니다. 우리 회사가 살아날 수 있게 막대한 자금을 지원해 주셨고 박광호 그 개자식도 콩밥을 먹게 됐죠. 그뿐 아니라 지현이가 국내 이십 대 여가수 중 원톱으로 올라섰죠. 요새 우리 기획사 연예인들이 얼마나 잘 나가시는 줄 아십니까? 그러고 보니 강산이도 영화 주연을 하나 따냈다고 하더군요. B급 영화가 아니라 꽤 명망 있는 감독분이 연출을 맡은 영화라고 합니다."

정 사장은 기분이 좋아졌는지 물어보지도 않은 이야기를 이래저래 꺼내놓기 시작했다. 그동안 그의 마음고생이 얼마나 심했는지 알 수 있었다.

하지만 건형은 과감히 여기서 비수를 꽂아야 했다.

"정 사장님, 미안한데 저 지현이하고 사귀고 있습니다."

"예?"

순간 정명수 사장은 자신이 환청을 들은 줄 알았다.

레브 엔터테인먼트의 실질적인 매출 1위, 그야말로 지금

가요계를 돌풍으로 휩쓸고 있는 이십 대 여가수 1위, 그리고 선호도 1위.

영혼을 울리는 가수, 이지현이 건형과 교제 중인 사이라고?

처음 헛것을 들은 줄 알았던 정 사장이 건형을 쳐다봤다.

그렇지만 건형의 표정 변화는 없었다.

그야말로 한결된 모습.

그제야 정명수 사장은 건형이 헛소리를 하는 게 아니라는 것을 알 수 있었다.

그다음 드는 생각은 속된 말로 X 밟았다.

현재 최고의 주가를 올리고 있는 기획사 아이돌이 연애를 하고 있다면?

당연히 그날 메이버 검색어 1위는 따 놓은 당상이고 아직 지지 기반이 약한 지현 같은 경우 팬들도 우수수 떨어져 나갈 게 분명했다.

몇 달 전 열애설이 떴던 걸로 기억하는데 그게 헛소문은 아니었던 모양이다.

정 사장은 가까스로 정신을 차린 다음 조심스럽게 물었다.

"봉사 활동을 같이 갔다 왔다고 들었는데 그때 사귀게

된 겁니까?"

건형이 고개를 끄덕였다.

사랑의 고아원으로 봉사 활동을 가게 된 날 지현은 자신의 능력을 일깨웠다.

사람들에게 감동을 줄 수 있는 자신의 능력을 가지게 됐고 그것을 바탕으로 지금의 자리에 올라섰다.

그때 감정이 여기까지 발전하게 됐다.

주저 없이 고개를 끄덕이는 그 모습에 정명수 사장은 쇼파에 몸을 파묻었다.

여기서 교제를 관두라고 할 수는 없다.

그만큼 건형은 거물이다.

재산은 추정 불가, 레브 엔터테인먼트의 실질적인 대주주이자 이번 국세청 세무조사 사태를 훌륭하게 대처해 낸 레브 엔터테인먼트의 구세주다.

또한 플뢰르의 법정 대리인으로 레브 엔터테인먼트가 계속 플뢰르와 계약을 하려면 그를 반드시 잡아 둬야 한다.

만약 그가 주식 시장에 레브 엔터테인먼트의 주식을 팔기 시작하면 주가는 하락할 테고 거기에 플뢰르가 계약 파기를 해 버린다면?

레브 엔터테인먼트는 다시 동네 구멍가게 수준으로 전락

해 버릴 테니까.

건형이 천사처럼 보였던 정명수 사장은 불과 몇 분 만에 그가 악마로 느껴졌다.

지금껏 해 왔던 모든 일들이 다 이 일을 터트리기 위해 쳐 놓은 함정이 아닌가 생각했을 정도다.

그렇지만 그것은 그것이고 일단 이 일에 대한 대책을 세워야만 했다.

"좋습니다. 성인 남녀가 교제하는 거 어쩔 수 없다고 봅니다. 문제는 지현의 이미지입니다. 회사에서는 지금 지현을 청순한 컨셉에 때 묻지 않은 아이돌로 가져가고 있었습니다. 그게 그녀의 이미지 메이킹에 가장 적합했거든요. 그런데 여기서 열애설이 터져 버리면 팬들이 우수수 떨어져 나갈 겁니다. 박 이사님도 충분히 아실 거라고 생각하는데요. 맞습니까?"

"예, 알고 있습니다."

"잘못하면 어렵게 쌓아 놓은 지현의 기반이 송두리째 흔들릴 수 있습니다. 다시 복귀하는 게 어려워질 수도 있고요. 괜찮으시겠습니까?"

"그것은 지현이 결정할 몫일 텐데 지현은 제 의견을 따르기로 했습니다. 사실 지현이도 더 이상 갑갑하게 데이트하는 걸 싫어하더군요. 그리고 이번에 수학능력시험을 치러서 제가 다니고 있는 학교에 신입생으로 들어오고 싶은 모양입니다."

"하아⋯⋯."

정 사장은 골머리를 싸맸다.

일이 이 정도까지 진행됐다면 이미 자신의 손을 벗어난 것이다.

결국 복불복, 세상의 시선에 맡길 수밖에 없었다.

모든 평가는 결국 대중이 내릴 터.

"이렇게까지 밝혀야 하는 이유가 있는 것입니까? 비밀연애를 해도 되지 않습니까?"

마지막으로 정명수 사장이 승부수를 던졌다.

그렇지만 건형은 고개를 강하게 저었다.

"저와 레브 엔터테인먼트를 노리는 자들이 있습니다. 누군지 알려드릴 수는 없고 정 사장님이 생각하는 정재계의 고위 인사들이 맞긴 맞습니다. 그들은 어떻게든 레브 엔터테인먼트와 저를 흔들려고 하고 있고 그렇다 보면 필연적으로 지현이를 최우선으로 노릴 게 뻔합니다. 열애중인 것을 감출 수는 있지만 꼬리가 길면 밟히게 되어 있듯이 언젠가는 드러날 게 분명합니다. 우리나라같이 치안이 잘 된 곳이면 더욱더 그럴 테고요."

"그건 그렇긴 하죠."

연예계에서 아이돌들이 연애하는 건 흔히 볼 수 있는 일이다. 다만 그것들 대부분 쉬쉬거리며 묻어질 뿐 한 번 그게 폭로되기 시작하면 서로 끝장을 보겠다는 것이다.

그렇다 보니 일부러 그것을 슬며시 언론에 흘리는 경우도 있다. 재계약을 맺기 싫어하는 아이돌들에게 너 한 번 당해 봐라, 라는 의도로 말이다.

낮말은 새가 듣고 밤말은 쥐가 듣는다.

이것은 연예계에서도 통용되는 이야기다.

"알겠습니다. 일단 이 부분은 한번 회의를 열어서 논의를 해 봐야 할 거 같습니다. 타격이 어느 정도 있을지 그리고 문제가 생기면 어떻게 해야 하는지 계약서도 꼼꼼히 따져 봐야 할 테고요."

"잘 부탁하겠습니다."

"알겠습니다."

정 사장은 최근 급격히 받은 스트레스로 인해 늘어나는 흰머리를 뽑아냈다. 아무래도 최대한 빨리 회의를 소집해야 할 것 같았다. 그래도 이왕 알리게 된다면 자신들에게 유리한 방향으로 움직이게 하는 편이 좋을 테니까.

가장 힘들었던 일을 마무리 지은 다음 건형은 이 사실을 지현에게도 알렸다.

당당했던 지현도 걱정이 되는지 목소리가 떨리고 있었다. 아무래도 아이돌은 팬들의 지지를 먹고 사는 스타이다 보니 그 팬들이 우수수 떨어져 나갈까 봐 걱정했던 모양이다.

그런 지현을 달랜 다음 건형은 고등학교 동창들 중 한 명인 준성에게 연락을 했다.

[바빠 죽겠으니까 용건만 간단히 하자.]

본과생이 되면서 한창 할 일이 많아졌다고 들었다.

건형이 고개를 끄덕이며 물었다.

"너 지현이 좋아한다고 했지?"

[지현이? 야, 누가 여신님 존함을 그렇게 함부로 부르냐? 네가 여신님하고 친하다고 해서 존함을 그렇게 쉽게 부르는 거 아니다.]

"여신님? 그건 또 뭐냐?"

[그럼 여신이 아니면 뭔데? 어쨌든 갑자기 그건 왜 물어? 혹시 여신님 만나 뵐 수 있게 해 주려는 거냐? 그러면 지금 하는 일 다 때려 치고 당장 나간다!]

이 정도면 중증이다.

아이돌 팬들이 다 이렇지는 않겠지만 준성은 유독 그게 심해 보였다.

어쨌든 건형은 궁금했던 것에 대해 질문했다.

"만약 그 여신님이 사귀는 사람이 있다고 하면 어떻게 할 거냐?"

[설마 그게 너라는 건 아니겠지?]

"아니, 그냥 가정이야. 가정. 그럴 경우 어떻게 할 거냐고."

[……당연히 그놈을 아작 내야지.]

"하하, 진담은 아니지?"

[뭐, 속으로는 쓰리긴 하겠지만 그래도 연애한다는데 연애하게 해 줘야지. 내가 연애하지 말라고 해서 연애 안 할 것도 아니고 그렇다고 내가 연애할 수 있는 것도 아니고. 그리고 우리 여신님 팬들은 음색이 좋아서 팬이 된 거지 겉모습 보고 반해서 팬 된 거 아니다. 연애하고 싶으면 연애해야지.]

"그래? 알았다."

[대신 네가 연애하면 그날로 나 절교할 거다.]

뚝―

전화가 끊겼다.

건형 마음 한구석이 심란해졌다. 준성 녀석이 한 입으로 두말할 리가 없다. 지현과 사귀고 있다는 것을 그 녀석이 나중에 알게 되면 어떻게 반응할까.

아무래도 미리 말을 해 둬야 할 것 같았다.

충격이라도 덜 받게끔.

자정 무렵 지혁을 만난 건형은 곧장 부산으로 스포츠카를 몰고 내려갔다.

그렇게 서울을 떠나서 부산에 도착했을 때는 어느덧 새벽 다섯 시 무렵이 다 된 뒤였다.

지혁이 건형을 데리고 향한 곳은 부산 해운대에 있는 제법 큰 종합 병원, 지혁의 친구는 응급실 교수로 큰 키에 훤칠한 외모가 인상적인 삼십 대 후반의 사내였다.

"김지혁, 오랜만이다! 잘 지냈냐?"

"이야, 완전 교수님 때깔 나네. 너도 잘 지냈지?"

"그래, 나야 잘 지내지. 그보다 네가 말한 환자가 이분…… 어? 뭐야? 박건형 씨 아니세요?"

건형이 멋쩍게 웃으며 인사를 건넸다.

"예, 맞습니다. 지혁이 형 친구분이면 제게도 형이니까

편하게 말씀해 주셔도 됩니다."

"하하, 저는 MRI를 쓰고 싶다고 하길래 누군가 했는데 박건형 씨일 줄은 몰랐네요. 일단 안으로 들어가서 이야기하죠."

로비를 지나쳐서 응급실 병동에 마련된 교수실로 들어갔다. 의자에 앉고 난 뒤에야 그가 입을 열었다.

"일단 저는 H대학 병원 응급의학과 교수 강석천이라고 합니다. 여기 지혁과는 둘도 없는 친구고 MRI 검사 결과는 무조건 비밀을 보장할 겁니다. 그런데 박건형 씨가 검사를 받으러 올 줄은 미처 몰랐네요."

의아한 얼굴로 말하는 그를 보며 건형이 자초지종을 설명했다.

"반년 전에 퍽치기 사고를 당한 적이 있는데 그때 서울에 있는 S대학 병원에서 MRI 검사를 받은 적이 있습니다. 그리고 그때만 해도 크게 문제는 없는 줄 알았죠. 실제로 막노동을 하다가 응급실에 실려 간 적도 있는데 그때도 별다른 문제는 없었고요."

"퍽치기라…… 그런데 지금 와서 MRI 검사를 다시 받으려고 하는 이유가 뭐죠?"

"지난번 어떤 사람이 S대학 병원에서 지운 제 MRI 영상과 사진을 입수했다고 하더군요. 그런데 그 MRI 영상과 사진이 이상해서 어쩔 수 없이 다시 찍어 보려고 합니다."

"S대학 병원에서 MRI 영상과 사진을 지웠다고요? 그건 말이 안 되는데요. 그것은 환자분 개인 정보가 담긴 것이라서 쉽게 지울 수 없습니다."

"기계 오류로 인한 걸로 판단하고 지웠던 모양입니다."

"기계 오류라…… 그 당시 MRI 영상이 어쩌했길래 그랬던 거죠?"

잠시 고민하던 건형이 입을 열었다.

"뇌 전부가 붉었다고 하더군요."

"뇌 전부가요? 흐음, 그건 더욱더 말이 안 되는데……일단 MRI 영상을 찍어 봅시다. 기계 오작동인 건지 아니면 진짜인 건지는 MRI 영상을 찍어보면 나올 테니까요."

"예, 알겠습니다."

"그럼 환자복으로 갈아입어 주세요. 준비를 해야겠습니다."

건형이 환자복으로 갈아입으러 간 사이 강석천은 김지혁을 쳐다보며 물었다.

"어떤 사이야?"

"정말 아끼는 동생이지. 내가 존경하던 선배의 아들이기도 하고."

"흐음, 그렇단 말이지. 나는 또 약간 정신 나간 건줄 알고."

"뭐라고?"

"상식적으로 말이 안 되는 이야기잖아. 어떻게 MRI 영상에 뇌가 전부 다 붉게 나와. 그게 말이 된다고 생각해?"

"……말이 될 수도 있지."

잠시 고민하던 지혁이 대답했다.

그 모습에 강석천이 놀란 얼굴로 말했다.

"너 많이 변했구나. 말이 안 되는 이야기라니까 그러네."

"일단 한번 검사해 보고 이야기하자."

"하아, 쓸데없는 시간 낭비일 텐데. 어쨌든 그래, 불알 친구 부탁이니까 들어준다."

가운을 입은 건형이 MRI 기계 위에 누웠고 얼마 지나지 않아 MRI 검사가 시작됐다.

그리고 건형의 뇌파가 모습을 드러냈다.

그렇지만 평범했다.

별다른 이상은 보이지 않았다.

"이거 봐. 문제없잖아."

"그래?"

잠시 살펴보던 지혁이 외부 마이크를 킨 다음 건형에게 말했다.

"건형아, 별다른 이상은 없다고 하는데?"

"잠시만요."

건형은 완전기억능력을 천천히 끌어올렸다.

그리고 복잡한 수학 관련 문제를 계산하기 시작했다.

그 순간 MRI 영상이 바뀌었다.

몇 군데만 붉었던 뇌 영상이 급격히 변화하더니 그야말로 피범벅이 된 것처럼 새빨갛게 물든 것이다.

그것을 보던 강석천이 눈을 휘둥그레 떴다.

"마, 말도 안 돼. 이것은 종양 환자한테서나 발견될 법한 그런 뇌인데?"

실제로 뇌의 90% 이상이 빨갛게 물들어 있었다.

말이 안 되는 이야기.

"이거 기계가 고장 난 거 아니야?"

순간 자신도 모르게 S대학 병원 의사들이 했던 말을 그대로 반복하게 되어 버린 강석천.

그가 얼굴을 붉혔다.

"어떻게 된 거야?"

"나도 모르겠어. 그런데 이건 대단히 안 좋아. 정말 안 좋은 징후야. 이 상태를 계속 유지한다면 그만큼 엄청난 칼로리를 써야 할 거야. 뇌를 이렇게 활성화시킨다는 것 자체가 막대한 칼로리 소모를 필요로 하는 일이니까. 그리고 그 칼로리를 채우지 못하면 신체 밸런스가 무너질 수 있어."

"알았어. 이것은 절대 외부에 이야기하면 안 되는 거 알지?"

"물론이지. 그런데 진짜 너무 신기한데? 학회에 발표하면 바로 난리가 날 거야. 실제로 이런 뇌를 가진 사람이 발견됐다는 것 자체가 믿기지 않는 일이니까."

"건강검진도 받아 볼 수 있을까?"

"그건 어려운 일이고 피검사하고 간단한 몇 가지 검사는 바로 할 수 있지. 내가 응급실 담당 교수니까."

"그것도 부탁할게."

MRI 검사가 끝난 뒤 건형은 몇 가지 검사를 추가로 더 진행했다.

그렇지만 이어진 다른 검사에서 별다른 문제점은 발견되지 않았다.

평범 그 자체였다.

보통 사람과 같았다.

다만 문제 되는 게 있다면 기초대사량이 엄청 높다는 것 정도?

보통 사람의 두 배에 가까웠다.

그러나 그만큼 칼로리 소모량도 높았다.

실제로 건형은 고칼로리 음식을 계속 섭취하고 있었다.

완전기억능력을 쓸 때마다 급격하게 칼로리 소모가 일어 났기 때문이다.

"고맙다. 나중에 이건 어떻게든 갚으마."

"그건 됐고. 건강 잘 챙기라고 해. 네가 아끼는 동생이라 며."

"알았어. 나중에 서울에서 보자."

"그래. 언제 올라가면 연락 줄게."

부산 H대학 병원을 나온 다음 스포츠카 안에서 지혁이 입을 열었다.

"그 능력, 자주 쓰면 안 될 거 같다."

"그렇겠죠?"

"진짜 생명이 위험할지 모르지만 그래도 칼로리 소모가 심한 건 사실이니까."

"주의해 볼게요."

건형은 그렇게 대답하면서도 내심 걱정을 감추지 못했

다.

다른 일은 그렇다고 쳐도 퀴즈의 신 방송 녹화할 때나 주식 투자를 할 때에는 완전기억능력을 발휘해야만 했다.

일종의 제약이 걸린 셈이었는데 그 제약을 무시하고 완전기억능력을 쓰느냐, 아니면 완전기억능력을 당분간 쓰지 않느냐의 차이였다.

그러나 그렇게 되면 일단 방송 사고가 생길 가능성이 컸다.

"그래, 네가 알아서 하겠지만 몸 걱정이 최우선인 거 잊지 말고."

"예."

"나는 저 녀석하고 술 한잔하고 부산에서 조금 머무르다가 올라갈 테니까 먼저 올라가 있어. 있다가 학교 가야 한다고 하지 않았어?"

"오전 강의는 땡땡이치고 오후 강의 들어야죠. 그리고 지현이 일도 해결해야 하고요. 아마 빠르면 내일쯤 발표할 거 같은데 강해찬 쪽에서 안 좋게 루머 퍼트릴 거 같으면 형이 정리 좀 해 줄 수 있어요?"

"최대한 노력은 해 보겠는데 워낙 많이 쏟아져 나오면 나도 손 쓸 방법이 없어. 여론이 좋게 흐르길 기대해 보는 수밖에 없지."

"알았어요. 그럼 서울에서 봐요."

서울로 돌아온 건형은 우선 지현을 찾아갔다.

정 사장을 만나서 앞으로의 일을 논의하기 전에 지현과
이야기를 나눌 필요가 있었다.

지현은 한창 방송 촬영 중이었다.

음악 방송 중이었는데 리허설을 하고 있었다.

리허설이 끝날 때까지 무대 뒤쪽에서 기다리고 있는데
누군가가 불쑥 건형에게 다가왔다.

"안녕하세요! 그 퀴즈쇼에 나왔던 분 맞으시죠?"

건형이 그녀를 쳐다봤다.

그리고 그는 단숨에 그녀가 누군지 알아볼 수 있었다.

최근 드림 엔터테인먼트에서 가장 밀어주고 있는 걸그룹
슈퍼스타의 막내 이혜미. 올해 딱 스무 살이 된 지현의 동
갑내기 친구라고 했던가?

"아, 이혜미 씨 맞으시죠? 네, 맞아요."

"편하게 말씀하셔도 돼요. 제가 오빠보다 네 살 더 어릴
걸요?"

"아, 그, 그랬던가."

"저 오빠 되게 팬이거든요! 진짜 퀴즈 풀 때 완전 깜짝 놀란 거 있죠. 그보다 여기서 뭐하세요? 아, 지현이 노래 듣고 있었구나. 지현이 노래 완전 잘 부르죠? 예전에만 해도 저렇게 잘 부르는 건 아니었는데."

재잘대는 모습이 무슨 아기 새를 보는 것 같았다.

건형이 멋쩍게 웃어 보였다.

"그보다 연락처 좀 알려 주시면 안 돼요?"

"네? 연락처는 왜요?"

"그냥 친하게 지내고 싶어서요. 평소 오빠 팬이었어요!"

그냥 때 묻지 않은 순수한 여자애가 먼저 연락처를 물어보는 모습에 건형은 자신도 모르게 휴대폰을 내밀었다.

연락처를 꾹꾹 찍은 다음 통화 버튼까지 누르는 그 민첩한 모습에 감탄할 때였다.

뒤에서 무언가 불길한 아우라가 느껴졌다.

황급히 고개를 돌려보니 리허설을 끝내고 나온 지현이 눈에 쌍심지를 켠 채 건형을 노려보고 있었다.

"오빠, 지금 뭐하는 거예요?"

"아, 리허설은 다 끝났어?"

그때 건형 연락처를 따내는데 성공한 혜미가 지현에게 달려가서 와락 안겼다.

"지현아! 오랜만이다. 잘 지냈어?"

"어? 아, 아. 응. 잘 지내긴 했는데 너 지금 뭐한 거야?"

"건형 오빠 연락처 받았지!"

"그러니까 건형 오빠 연락처를 네가 왜 받냐고."

"평소 팬이었거든. 왜? 무슨 문제라도 있어?"

"그야 내가 건형……."

지현이 순간 당황하며 말끝을 흐렸다.

"너도 건형 오빠 팬이었어?"

"아, 응. 그, 그건 그렇긴 한데 연락처는 뜬금없이 왜 물어보고 그래? 그러다가 스캔들 나면 어떻게 하려고."

"스캔들? 스캔들 나도 상관없는데?"

그러면서 혜미가 불쑥 건형 팔짱을 꼈다.

건형은 순간적으로 팔꿈치에 닿는 뭉클한 감촉에 얼굴을 붉혔다.

그때 지현이 쌍심지를 더욱더 세웠다.

'건형 오빠! 있다가 가서 죽었어요!' 라고 외치는 것 같았다.

건형은 황급히 팔짱을 풀었다.

"제가 싫으세요? 이래도 저 나름 인기 많은데…… 지현이 만큼은 아니지만."

"하하, 그런 게 아니라 다른 사람들 시선도 생각해야죠."

무대 뒤, 스태프들이 즐비한 곳이다.

실제로 많은 스태프들이 흥미진진한 얼굴로 세 사람 사이를 쳐다보고 있었다.

그들 눈에는 딱 봐도 삼각관계처럼 비춰지고 있었으니까.

당장 내일 인기 아이돌 A양과 B양, 남자 연예인 C군을 둘러싸고 삼각관계를 벌여! 라는 루머가 떠돌아도 전혀 이상하지 않을 상황이다.

건형은 한숨을 길게 내쉬었다.

"오빠, 나중에 문자할게요!"

뒤늦게 도착한 매니저 손에 이끌려 사라지는 혜미를 보던 건형이 고개를 설레설레 저었다.

그러나 건형은 까맣게 까먹고 있었다. 자신을 노려보고 있는 저승사자가 있었음을.

한동안 건형은 지현에게 시달려야 했다. 어째서 자신을 놔두고 다른 여자한테 한눈을 팔 수 있냐는 것이었다.

건형은 한사코 그게 아니라면서 해명했지만 여자의 질투

는 무시무시했다.

지현 입장에서는 건형이 저지른 일은 용납할 수 없는 것이었다.

결국 그녀를 달래기 위해서 건형은 생각하고 있던 속내를 꺼내 놓았다.

"어제 정 사장님하고 이야기했어."

"네? 뭐를요?"

"너하고 사귀고 있는 거. 사실대로 밝혔어."

"……정말이에요?"

지현이 눈을 휘둥그레 뜨며 물었다.

건형이 고개를 끄덕였다.

"거짓말을 할 리가 없잖아. 사실대로 다 이야기했고 정사장님은 일단 한번 회의를 해 보겠다고 했어. 가장 피해를 최소화할 수 있는 방법을 생각해 내겠다고 하더라."

"괜찮겠죠?"

"응. 괜찮을 거야. 그런데 약간 불안한 것도 사실이야."

"어떤 게 불안한데요?"

"나는 연예인이 될 생각이 없었으니까 상관없지만 네가 걱정이지. 너는 아이돌이고 팬들이 있잖아. 나하고 사귄다고 하면 팬들이 얼마나 떨어져 나갈지 그게 걱정인 거지."

"괜찮을 거예요. 그리고 저한테는 오빠가 가장 소중해요."

"팬들은 어떻게 하고?"

"팬들이 저를 좋아해 주고 또 응원해 주는 거 잘 알고 있지만 그래도 이해해 주지 않을까요? 오빠 같은 멋있는 남자 만난다고 하면요."

"……그러길 바라야겠네. 하하, 길 가다가 돌 맞는 거 아닌지 모르겠네. 지금 지현이 네가 가장 인기 많은 여자 아이돌이라고 하던데 말이야."

"그러니까 저한테 잘해요! 혜미한테 한눈팔지 말고욧!"

여태 분위기 좋다가 말 한 마디에 순식간에 다시 냉랭하게 바뀌어 버렸다.

건형은 멋쩍게 머리를 긁어 보일 수밖에 없었다.

두 사람은 레브 엔터테인먼트로 향했다.

지현 얼굴에는 필사의 각오가 엿보이고 있었다.

그러나 건형은 여유로웠다.

어차피 정 사장은 자신의 말을 따를 수밖에 없다는 것을 알고 있었기 때문이다.

회사 매출에 문제가 생길 수도 있다.

그렇지만 그것은 어쩔 수 없는 일이었다.

만약 지현이 평범한 남자하고 연애 중이었다면 그 연애를 막았을 것이다. 그리고 어떻게든 헤어지게 종용을 했겠지.

문제는 상대방이 건형이라는 데 있었다.

"일단 이야기는 해 봤는데…… 골치 아프군요."

정 사장이 얼굴을 굳혔다.

어제 한번 회의를 소집해서 이야기를 나눠 봤다.

격렬한 반응들이 나왔고 대체적으로 부정적인 의견을 쏟아 냈다.

아이돌이 연애를 하는 건 그만큼 환영받지 못하는 분위기다.

있던 팬들도 다 떨어져 나갈 것이다.

더군다나 지현이 인지도를 얻은 것은 얼마 되지 않은 일이었다.

점점 더 쌓여가는 그 인지도에 찬물을 끼얹는 격이 될 수 있었다.

"누군가 박 이사님과 레브 엔터테인먼트를 음해할 수 있다는 이야기는 하지 않았습니다. 아무래도 그렇게 하기에는 사건이 워낙 막중했으니까요. 어쨌든 결정을 내려야 할 거 같습니다. 이대로 밝히실 생각이시겠죠?"

"예. 그럴 생각입니다."

"알겠습니다. 그러면 내일 기자회견을 잡도록 하죠. 이왕 지르는 거 화끈하게 질러 보겠습니다. 당연히 박 이사님도 참여해 주시겠죠?"

"예. 참여해야겠죠. 지현이는 참여하지 않는 걸로 하겠습니다."

"좋습니다. 그렇게 하죠. 어떻게 될지는 잘 모르겠습니다만 한번 시간을 보고 기다려 봐야 할 거 같습니다."

"잘 풀리길 바라야겠네요."

건형은 그 후 지혁에게도 연락을 취했다.

내일 기자회견을 할 것이고 그때 이상한 루머들이 올라오게 된다면 그것을 막아 달라고 말이다.

지혁은 내일 올라오는 대로 그렇게 하겠다고 흔쾌히 수락을 해 왔다.

그나마 안심이 되었다.

그리고 기자회견이 열리기 전에 건형은 한 사람에게 문자를 보내 뒀다. 절교를 당하지 않기 위해서라도 그 녀석에게는 미리 알려 둬야만 했다.

Chapter. 10

기자회견장은 이미 수많은 기자들로 북적이고 있었다.

최근 가장 뜨겁게 떠오르고 있는 레브 엔터테인먼트에서
중요한 일로 기자회견을 열 일이 생겼다고 했기 때문이다.

기자들은 저마다 자신들이 갖고 있는 소스들을 교환했지
만 생각만큼 쓸모 있는 정보는 없었다.

기자회견 시간이 다 되었고 기자회견장에 정명수 사장과
박건형이 같이 들어왔다.

"어? 박건형 아니야?"

"저 사람은 여기 왜 같이 온 거야?"

"아직도 몰랐어? 레브 엔터테인먼트 대주주잖아. 들리는 말로는 월스트리트에서 소문난 거물이라던데. 갓 핸드라고 불린다고 들은 적이 있었어."

"갓 핸드? 그게 뭔데?"

"손대는 주식마다 대박을 터트렸나 봐. 그 돈으로 레브 엔터테인먼트에 투자했다고 하던데. 확실한 건 아니고 경제부 쪽에서 알려 준 것이긴 해."

기자들이 저마다 수군거릴 때 정명수가 먼저 입을 열었다.

"일단 기자회견에 참여해 주신 모든 기자 분들 감사드립니다. 오늘 이렇게 기자회견을 열게 된 것은 한 가지 중요한 일을 알려드리기 위해서입니다. 원래의 사실과 전혀 맞지 않는 어떤 지라시가 퍼질지 모른다는 우려 때문에 이렇게 기자회견을 열어서 공식 입장을 발표하게 됐습니다."

"지라시? 무슨 지라시가 떠돌았었어?"

"글쎄. 별다른 일은 없던 걸로 기억하는데……."

그때 기자회견장에 참석했던 한 기자가 얼굴을 구기며 자리를 빠져나갔다. 그리고 그는 다급히 전화를 걸었다.

"보좌관님, 문제가 생겼습니다."

[무슨 기자회견을 열었길래 그래?]

"아무래도 오늘 열애설에 관해 공식 입장을 발표하려고 하나 봅니다."

[뭐? 그게 정말이야?]

"예. 지금 기자회견장에 박건형이 나와 있습니다. 레브 엔터테인먼트에서 먼저 칼을 뽑아든 거 같습니다."

[일이 꼬이게 됐어. 알았으니까 그만 나와. 어차피 우리가 더 이상 터치할 일은 없을 테니까.]

전화를 끊은 것은 강해찬의 수석보좌관이었다.

지난번 김찬욱 검사가 P양 성접대 사건을 터트렸을 때 석연치 않았던 점을 집어냈던 당사자이기도 했다.

"그렇게 나온다 이건가? 꽤 영리하게 머리를 썼어. 이러면 우리 패가 하나 없어진 셈인가? 그보다 박건형, 이 녀석이 그 경찰관의 아들놈이 맞다면 어디까지 알고 있는 것일까?"

켕기는 게 한두 가지가 아니다.

특히 그가 아버지의 죽음에 얽힌 비화를 알고 있다면 어떤 식으로든 복수를 하려 할 게 분명했다. 그리고 그것은 강해찬의 정치 생명을 끊어 버리는 것으로 귀결될 것이 분명했다.

그는 그것을 막아내야 했다.

"일단 이 패는 버리도록 하고. 세무조사도 귀신같이 피해 가더니 이것도 쉽게 무용지물로 만들어 버리는군. 그렇다는 건 여전히 우리 정보가 새고 있다는 건데. 박성철, 그자의 조력자를 잡지 못한 게 이렇게 문제가 될 줄이야."

그는 얼굴을 구겼다. 그때 그는 이십 대 초반으로 그의 아버지가 강해찬 의원의 보좌관으로 있었다. 그리고 그의 아버지는 강해찬 국회의원이 저지른 온갖 불법적이고 더러운 일의 처리를 도맡아 하는 해결사이기도 했다.

실제로 강해찬의 뒤를 밟던 경찰관을 뺑소니 사고로 치여 죽인 것도 그의 아버지였다.

그렇지만 아버지는 삼 년 전 위암으로 사망했고 아버지의 자리를 그가 물려받았다.

"장형철 보좌관님, 의원님께서 찾으십니다."

"의원님이? 곧 찾아뵙겠다고 말씀드리도록."

"예, 알겠습니다."

강해찬 국회의원의 수석보좌관인 장형철은 손가락으로 책상을 톡톡 쳤다.

무언가 고민이 있을 때 그가 주로 하는 손버릇이다.

"어떤 식으로 그들을 옭아매야 할까. 무언가 커다란 게 하나 필요한데 말이야."

세무조사도 쉽게 피해 갔고 이번 열애설도 먼저 터트렸다.

그렇다면 남는 건 죄를 뒤집어씌우는 일이었다.

"어차피 방법은 여러 가지가 있으니까."

장형철은 비릿한 미소를 지어 보였다.

전쟁은 이제 시작이었다.

한편 기자회견은 막바지에 이르고 있었다.

현재 최고치의 주가를 달리고 있는 플뢰르의 리더 이지현과 퀴즈의 신이라고 불렸으며 레브 엔터테인먼트의 대주주 겸 이사이기도 한 박건형의 열애설.

그것을 기획사가 먼저 인정하고 나섰다.

기자들은 그것을 속보로 내보내는 한편 뒷배경을 살펴보기 시작했다.

아이돌에게 열애설은 무덤이나 다름없다.

그만큼 이미지 손상이 심각하다.

데뷔가 7년, 8년 된 아이돌이 아닌 이상 열애설은 팬들의 마음을 차갑게 식게 하는 주범이 될 수 있다.

실제로 플뢰르는 데뷔한 지 이제 2년차고 지현이 솔로로 나선 것은 불과 몇 개월밖에 되지 않은 일이었다.

그런 상황에서 기획사가 자진해서 열애설을 터트린다?

상식적으로 말이 되지 않는 일이다.

'우리가 모르는 무언가 숨겨진 게 있어.'

'누군가 레브 엔터테인먼트를 협박한 건가? 열애설을 터
트려 버리겠다고?'

'그래서 미리 까발린 걸까? 매도 먼저 맞는 게 낫다고 하
니까 말이야.'

온갖 추측이 기자들 머릿속에서 재생산되고 확대되길 반
복했다.

연예부 기자들의 특징은 상상에 능하다는 점이다.

그들은 온갖 것들을 상상하고 추론해 낸다.

특히 열애설 같은 경우 알려지지 않는 면들이 더 많다 보
니 그 점을 부각시킬 수밖에 없게 된다.

한 기자가 손을 들어 물었다.

"봉사 활동을 같이 갔을 때 열애설이 한 번 불거졌던 것
으로 알고 있습니다. 그때부터 사귀셨던 것입니까?"

연애 기간.

필수적으로 물어볼 수밖에 없는 코스다.

건형이 입을 열었다.

그의 목소리는 차분했다. 둘이 좋아해서 사귄다는 데 누군가의 빈정을 살 이유는 없다고 생각해서였다.

"그때 서로 호감을 느꼈습니다. 사귄 지는 얼마 되지 않았습니다."

"사실 저는 이상한 점이 한두 군데가 아닙니다. 원래 아이돌은 대부분 열애설이 밝혀지길 꺼립니다. 그게 전혀 도움이 되질 않기 때문이죠. 그럼에도 불구하고 먼저 나서서 밝히셨습니다. 그 이유를 알 수 있을까요?"

"증권가를 비롯해서 저에 대한 근거 없는 소문들이 퍼질 것이라는 이야기를 들어서였습니다. 누군가 저를 음해하고 있다면서 말이죠. 그래서 이렇게 공식 입장을 밝히게 됐습니다."

"이지현 씨는 오늘 기자회견장에 나오지 않으셨는데 특별한 이유라도 있으신 겁니까?"

"저 혼자 기자회견장에 나와도 된다고 판단했습니다. 이미 지현이한테는 이야기를 해 뒀습니다."

"열애설을 밝히기로 서로 합의가 되었다는 의미군요. 맞습니까?"

"그렇습니다."

"음, 제 질문은 여기까지입니다."

그 이후에도 몇 차례 질문이 이어졌다.

그러나 질문들은 대동소이했다.

그리고 얼마 지나지 않아 속보가 대한민국을 뒤덮었다.

최근 떠오르고 있는 남자 연예인과 최정상을 달리고 있는 걸그룹 아이돌과의 열애설.

그야말로 난리법석이 날 수밖에 없었다.

지현은 플뢰르 숙소에서 실시간으로 연예란 기사가 올라오는 모습을 지켜보고 있었다.

처음에만 해도 별거 없는 소식들로 가득했던 연예란이 어느새 건형과 지현의 열애설로 가득 차오르기 시작했다.

지현은 플뢰르 멤버들을 쳐다보며 조심스럽게 말을 꺼냈다.

"다들 미안해."

"아니에요. 언니가 미안할 게 뭐 있어요! 저는 애초에 언니가 당당하게 밝혔으면 좋겠다고 생각했다고요."

"어차피 우리는 알고 있는 일이었으니까. 그리고 사실 크게 문제 될 것은 없다고 생각해. 다들 평생 연애 안 하고 혼자 살 건 아니잖아. 안 그래? 누구는 결혼도 하고 누구는 애도 낳을 텐데 뭐."

거침없이 입을 여는 하연의 모습에 오히려 얼굴이 빨개진 건 지현이었다.

그러다가 지현은 용기를 내서 메인에 올라온 뉴스를 클릭했다.

올린 지 몇 분 되지 않은 기사인데 벌써 수천 개의 댓글이 달려 있었다.

댓글 대부분은 행복하게 오래오래 사귀라는 것들이었다.

그렇지만 악플들도 꽤 있었다.

그러나 그런 악플들은 다른 네티즌들의 집중포화를 받고 사라지고 있었다.

내친 김에 지현은 플뢰르 팬카페를 들어가 봤다.

플뢰르 팬카페는 정말 소수만이 활동하는 소규모 팬카페였지만 지현이 확 뜨면서 대규모 팬카페로 바뀐 상황이었다.

이미 카페 접속자는 바글바글했다.

그리고 자유게시판에 실시간으로 반응이 올라오고 있었다.

의견 대부분은 비슷했다.

열애설이 사실이라면 가수 활동에 지장 없게끔 서로 싸우지 않고 오래 잘 사귀었으면 하는 바람이라는 글들이 많았다.

지현 팬들 대부분은 그녀의 음악을 듣고 팬이 된 사람들이었다.

그런 사람들에게 열애설은 큰 장애가 되지 못했다.

반면에 플뢰르 때부터 지현을 응원해 온 팬들은 실망감을 감추지 못하는 듯했다.

아무래도 그들 입장에서 지현은 동경해 오던 아이돌일 테고 그 아이돌이 스물한 살에 열애설에 휘말렸으니 그럴 수밖에 없을 터였다.

어쨌든 대체적으로 반응은 호의적이었다.

그것은 지현이 기존 아이돌과는 괴리를 달리하기 때문인 까닭도 있었다.

지현 같은 경우 다른 아이돌들처럼 외모나 몸매로 뜬 것보다는 노래로 떴기 때문이다.

그렇다 보니 음악성을 중요시하는 팬들 입장에서 지현이 열애하는 것은 별거 아닌 일이라고 할 수 있었다.

생각보다 나쁘지 않은 반응에 지현도 한결 안심할 수 있었다.

그렇지만 지현은 몰랐을 것이다.

되도록 좋지 않은 기사나 악플들을 걸러내기 위해서 한

남자가 계속해서 바이러스를 심고 있었다는 것을 말이다.

열애설 이후 건형은 안 오면 온갖 헛소문을 퍼트리겠다는 동창들 협박에 고등학생 동창 모임에 참가할 수밖에 없었다.

그리고 그 자리에서 건형은 준성을 만났고 준성에게 그야말로 어마어마한 협박을 당하고 말았다.

그나마 열애설을 밝히기 전 먼저 문자를 보내 둔 게 주효했다.

그 덕분에 준성은 어느 정도 화를 푼 모양새였다.

그렇게 동창 모임을 하던 도중 스케줄을 끝낸 지현이 술자리에 합류했고 준성은 꿈에 그리던 소원을 성취할 수 있었다.

지현과 악수를 하고 그녀의 싸인을 받는 것.

그 이후 술자리가 계속해서 이어졌고 건형은 일루미나티 사건 이후로 오랜만에 마음에 한결 여유를 되찾을 수 있었다.

하지만 여전히 문제는 산재해 있었다.

일루미나티하고는 일시적으로 평화를 찾은 것일 뿐 아직 불안 요소는 가득 남아 있었다.

뿐만 아니라 초인의 시대에 온 것을 환영한다고 말했던 그 남자. 그 남자에 대해서도 알아봐야 했다.

적을 알고 나를 알면 백전백승이라고, 그에 대해서도 확인해 볼 필요가 있었다.

그렇지만 그것들은 지금 당장 시급한 일이 아니었다.

건형에게 있어서 가장 시급한 문제는 아버지의 복수를 갚는 것 그리고 대한민국을 올바르게 바로잡는 일이었다.

아버지가 평생을 바쳐서 해 오던 작업, 그것을 건형이 계승한 것이다.

오늘 술자리는 그것을 준비하기 전 잠시 갖는 여유라고 볼 수 있었다.

지현은 평소처럼 스케줄을 소화했다.

열애설이 불거진 뒤 그녀한테 집적대는 아이돌이나 선배 가수들은 부쩍 줄어들었다.

반면에 그녀를 조금 꺼리는 사람도 생겼다.

'오늘 결혼했어요'의 담당 PD가 대표적인 경우였다.

이미 열애설이 퍼진 아이돌을 '오늘 결혼했어요'에 출연시킨다는 것은 불가능한 일이었기 때문이다.

그 때문일까.

최근 들어 예능 섭외가 약간 줄어들긴 했다.

대신 늘어난 것은 각종 음악 프로그램들이었다. 지현의 가창력을 높이 산 그들은 앞다투어 그녀를 섭외하고자 노력했다.

특히 그녀의 음색을 정말 높이 평가하는 평론가들이 많았다.

그렇게 지현이 스케줄을 소화하는 동안 건형도 바쁘게 하루하루를 보내고 있었다.

때가 되면 지혁이 알아서 준비해 줄 것이라는 생각에 건형은 학교를 다니는 한편 틈틈이 지현과 데이트를 즐겼다.

아직까지 공개 데이트를 즐기진 않았지만 조만간 공개 데이트도 하게 되지 않을까 생각하고 있었다.

그렇게 일상을 정신없이 보내는 가운데 드디어 지혁에게서 연락이 왔다.

열애설을 발표하고 일주일이 지난 뒤의 일이었다.

[건형아, 준비는 됐냐?]

"예. 물론이죠. 어떻게 되었어요?"

[일단 꼬리는 잡았다. 강해찬의 손발부터 잘라야 하지 않겠냐? 근데 신중하게 생각해야 돼. 한 번 발을 담그면 뺄 수 없는 거 알고 있지?]

"애초에 형을 만났을 때부터 이렇게 될 운명이었어요. 걱정하지 마요. 반드시 죗값을 치르게 할 테니까요."

[그래. 알았다. 그러면 한번 시작해 볼까?]

"예. 그래요."

집으로 돌아온 건형은 천천히 완전기억능력을 끌어 올렸다. 완전기억능력을 쓰면 쓸수록 생명에 위협이 될 수 있다는 이야기는 이미 들었다.

실제로 최근 들어 급격하게 칼로리를 소모하는 일이 잦아지고 있었다.

혹시 이게 그 전조가 아닌가 우려가 들 정도였다.

하지만 건형은 사회의 해악을 뿌리 뽑기 위해서 이 완전기억능력을 적극 활용할 생각이었다.

퍽치기를 당하고서 얻게 된 이 능력.

자신에게 이 능력이 주어진 이유가 그것에 있다고 생각했기 때문이다.

부정부패를 일삼고 비리를 저지르면서도 죗값을 전혀 치르지 않는 나쁜 군상들.

그들을 단죄하기 위해 아버지가 자신에게 준 선물이라고 생각하고 있었다.

"그럼 시작해 볼까."

건형은 가볍게 몸을 풀었다. 완전기억능력이 서서히 퍼져 나가면서 그의 근육을 점점 더 활성화시켰다.

그리고 심장 아래 자리 잡은 단단한 알맹이가 점점 더 커져 나갔다.

아직 이 알맹이가 무엇인지는 그 정체를 밝혀내지 못한 상태. 그렇지만 이게 해를 끼치는 물건이라고는 생각하지 않고 있었다. 어쨌든 준비를 마친 건형은 방금 전 도착한 메시지를 확인했다.

[서울 강남구 역삼동 675—1 르네상스 룸싸롱.]

이곳에 목표로 하는 사람들이 있을 터.

건형은 빠르게 몸을 날렸다. 그리고 마치 단거리 육상 선수처럼 건형은 순식간에 거리를 벌리기 시작했다. 대한민국의 다크 나이트가 된 건형의 첫 미션이 시작됐다!

〈다음 권에 계속〉